I0642873

PAMPHLETS

DE

C. TILLIER.

DEUXIÈME SÉRIE.

NEVERS,

IMPRIMERIE DE C. SIONEST, RUE DU FER, 16.

1844.

LES CANONS

DE M. MIOT.

—————◦——————

Je conviens que le Morvand est un assez beau
pays ; ce n'est pas un pays comme il faut, un pays de
jasmins et de roses , de jardins et de kiosques ; mais
j'aime le Morvand avec ses grosses montagnes ron-
des, pleines d'un bourgeois embonpoint, et les vieux
chênes qui leur servent de parasol ; je l'aime avec
ses longues forêts qui ne quittent point le voyageur
de la journée ; je l'aime enfin avec ses larges et plan-
tureuses vallées au fond desquelles vous trouvez
toujours quelque ruisseau sémillant et bavard qui

semble vouloir causer avec vous, et dont vous invi-
teriez volontiers la naïade à souper pour la bonne
compagnie qu'elle vous a tenue. Dans le Morvand,
on se chauffe bien pendant l'hiver, on va à l'ombre
pendant l'été, et M. Dupin, dont on ne peut en
cette occasion suspecter la sincérité, attendu qu'il
n'a rien à gagner à cela, a vanté l'excellence de ses
eaux. Cependant, je ne voudrais pas demeurer dans
l'arrondissement de Château-Chinon, quand on m'y
enverrait avec trois mille francs de rentes et la croix
d'honneur pour moi, ma femme et mes deux enfants. Je sens bien qu'il faut que je vous dise pourquoi ; car vous m'accuseriez de calomnie. Mais, au
lieu de vous répondre, je vais vous raconter ce qui
est arrivé dernièrement à M. Miot, comme nous un
peu malade de démocratie ; après cela, ira qui voudra jouir des excellentes eaux du Morvand, ce n'est
pas moi qui chercherai à y mettre obstacle.

Du temps de la Convention, la ville de Moulins-
Engilbert était infiniment conventionnelle. La Convention, donc, pour récompense de son patriotisme,
lui avait fait présent de deux canons. Tant que la
République exista, les deux braves furent traités par
M. le maire et la municipalité avec tous les égards
possibles ; il n'y avait point de fêtes auxquelles ils

ne fussent invités , et la *Marseillaise* eût mal ré-
sonné s'ils ne l'eussent accompagnée de leurs dé-
tonations. La ville de Moulins , déjà bonapartiste
sous le Consulat de Bonaparte , se fit napoléoniste
sous l'Empire. Dès-lors , les deux conventionnels
furent oubliés ; mais on ne les inquiéta point à cause
de leurs opinions. Jamais la moindre avanie ne trou-
bla leur glorieux repos, et ils eussent été assez sa-
tisfaits de leur condition, si l'air humide et oxidant
de la montagne ne les eût grandement incommodés :
ce qui les contrariait le plus, c'est qu'ils se croyaient
condamnés à mourir de maladie. Du reste, depuis
M. de La Palisse, combien de gens sont morts ainsi !
L'invasion vint jusqu'à Moulins-Engilbert. Les Cosaques mutilèrent horriblement nos deux vétérans :
ils les laissèrent pour morts sur la place, et tout le
monde les tint pour morts. Mais, un beau jour de
l'an de grâce 1842 , le conseil municipal , n'ayant
rien autre chose à faire, songea que la ville de Moulins-Engilbert avait pour pensionnaires deux vieilles
pièces conventionnelles. Or, garder dans ses murs
les restes de deux canons révolutionnaires , deux
canons qui avaient fait feu sur les ennemis de la patrie, sur les Anglais peut-être , c'était un scandale
impardonnable... Que dirait **M.** Guizot , quand il

apprendrait cette nouvelle?... On courrait risque
de voir la route de Nevers à Autun prendre, pour
éviter Moulins-Engilbert, une direction nouvelle.
Après en avoir mûrement délibéré, on décida que
les deux canons méritaient d'être déportés à la ferraille, et qu'ils seraient vendus à l'encan comme
armes hors de service. Cette décision fut approuvée par le sous-préfet de l'arrondissement, et le
préfet Badouix la confirma. Or, j'en appelle à vous,
mes abonnés, mettez-vous, pour une minute seulement, à la place de ces deux canons, et pour peu
que vous soyez sensibles à une humiliation, vous
comprendrez tout ce qu'alors ils durent souffrir.
Quoi! eux qui avaient pris part à toutes les grandes
batailles de la République, sur l'affût desquels,
peut-être, Hoche et Marceau avaient écrit leurs
bulletins de victoire, être relégués parmi les vieux
poêles démonétisés et les vieilles marmites percées!..
Assurément ils se seraient fait sauter, si des canons
pouvaient se faire sauter eux-mêmes. Le jour fatal
était arrivé. Les deux vétérans allaient être livrés
aux mains d'un ignoble raccommodeur de casseroles.
M. Miot prit la généreuse résolution de les sauver.
Il les mit à prix, à prix, à prix, et ils lui furent
adjugés pour 32 francs 50 centimes. Alors, il les

plaça sur les murs de son jardin, et les décora d'é-
pitaphes qui rappelaient et leur illustre origine,
et le sort ignominieux qu'ils avaient failli subir.
M. Miot était loin de soupçonner qu'en remplissant
ce pieux devoir il se préparait un procès. Cependant, le conseil municipal de Moulins-Engilbert ne
prit point garde à l'installation des deux canons.
Que lui importait, en effet que M. Miot déposât sa
ferraille dans son cellier ou l'étalât sur les murs de
son jardin? D'abord, personne n'eut peur des canons; M. Miot, possesseur de deux pièces d'artillerie, n'en parut pas plus terrible qu'auparavant;
les habitants de Moulins-Engilbert passaient à portée et à demi-portée des pièces, sans la moindre
inquiétude : l'on dit même que de braves enfants
osèrent plusieurs fois leur regarder dans la gueule.
Il y a plus, aucuns riaient de cette fantasmagorique
artillerie.

Mais des avis venus de Château-Chinon trou-
blèrent la sécurité publique. On représentait au
conseil municipal que M. Miot, avec son parc d'artillerie, menaçait incessamment la ville; qu'il la
tenait comme assiégée; qu'il était maître de lui
imposer ses volontés les plus révolutionnaires; que
le jour de la Saint-Philippe, si les habitants criaient

vive le roi avec trop d'enthousiasme ; s'ils illumi-
naient leurs fenêtres, il pourrait tirer sur la ville et la
réduire, avec tous ses monuments, en décombres ;
qu'il pourrait encore, lorsque l'agent du fisc viendrait lui apporter son bordereau, le mettre en fuite
à coups de canons, au lieu de lui donner à boire un
coup, ainsi que tout bon Français doit le faire. Puis,
quel homme était-ce que ce M. Miot? un patriote
farouche, toujours prêt à venir au secours des in-
fortunes de son parti. Dans le conseil municipal, il
ne perdait jamais de vue les intérêts des plus pauvres ;
hors du conseil, il ne parlait que d'abus à réformer
et de réformes à établir. Il avait, d'ailleurs, écrit à
M. Gautherin, le sous-préfet, une lettre peu révéren-
cieuse, dans laquelle il citait des vers de Voltaire :
évidemment, ce n'était pas sans dessein qu'il avait
acheté deux canons hors de service ! Et, d'ailleurs,
outre son artillerie, il avait pour arme offensive une
barbe d'un demi-mètre de long, aiguisée en pointe
comme un poignard : un tel homme ne pouvait
manquer de tramer quelque chose contre la ville et
le gouvernement. Le danger était d'autant plus
grand que Moulins-Engilbert n'était point fortifié.
Les habitants, sur ces avis presque officiels, se cru-
rent obligés d'avoir peur : les deux petits canons

de M. Miot leur semblèrent des pièces de quarante-
huit ; les gendarmes se détournèrent pour ne point
passer sous les murs de son jardin ; il fut même
question, dans le conseil municipal, de faire construire, par le voyer, des ouvrages avancés dans la
direction de l'habitation de M. Miot, et d'établir des
retraites casematées pour les femmes et les vieillards. M. le procureur du roi se crut obligé d'in-
tervenir, et, en effet, il ne pouvait tarder davantage:
un ennemi puissant, décidé, capable de tout, était
au cœur de l'arrondissement, et la capitale elle-
même, malgré la hauteur escarpée de sa double
cime et sa brigade de gendarmerie, n'était pas, dans
son aire, à l'abri d'une attaque !.. M. Miot fut donc
cité à la police correctionnelle, comme détenteur
d'armes prohibées.

Ce formidable artilleur obéit à la cédule du parquet, ainsi que le ferait un homme faible ; il se ren-
dit au tribunal, seul, sans canons, ne portant avec
lui d'autre arme offensive que sa grande barbe : il
ne daigna pas même tirer son avocat du fourreau,
tant il se croyait sûr de la victoire, et il prit lui-
même la défense de ses canons; mais, malgré sa
résistance désespérée, il fut obligé de céder. Le tribunal ordonna une expertise. C'était envoyer un

médecin constater l'état sanitaire d'un homme mort depuis vingt ans. Toujours est-il que l'opération eut lieu avec solennité, et les deux canons eurent l'honneur d'être visités par un ancien capitaine d'artillerie.

Il résulte du rapport du capitaine, que les deux canons sont encloués; qu'il leur manque à chacun un tourillon et le bouton de la culasse; que, de plus, ils sont obstrués par des corps étrangers jusqu'à la moitié de leur profondeur; qu'en y faisant certaines réparations, ils pourraient recevoir une charge; mais que, dans ce cas même, attendu qu'ils ne peuvent être ni transportés, ni pointés, ils seraient peu susceptibles de nuire.

Le tribunal de Château-Chinon a pris ce petit adverbe de quantité (PEU) au sérieux; il en a profité pour condamner M. Miot à la confiscation de ses canons et aux dépens. Mais il résulte évidemment de l'état des deux pièces qu'elles sont hors de service. Ici le mot *peu* employé par l'expert est une espèce de correctif : c'est comme une concession qu'il fait aux ennemis de M. Miot. Il dit, en parlant des deux canons mutilés, qu'ils sont peu susceptibles de nuire, comme un ami de M. Lapaulme dirait qu'il est peu spirituel, pour ne pas dire qu'il est sans esprit;

comme un maire dirait de l'*Echo de la Nièvre* qu'il est peu consciencieux , pour exprimer qu'il parle toujours contre sa conscience ; comme je dirais , moi , en parlant des vers de mon tailleur , qu'il a peu d'imagination , pour faire entendre qu'il en est totalement dépourvu. Le tribunal de Château-Chinon me paraît *peu* familier avec les tropes, et, en effet, ces enfantillages de style ne sont plus de son âge. Toutefois, il y a des inconvéniens à ne pas connaître la valeur d'une litote. Ainsi, si M. le président du tribunal de Château-Chinon entendait dire à Arago qu'il n'est pas aisé de prendre la lune avec les dents, il en conclurait que la chose est possible. Et quand bien même encore l'expert eût dit que les canons étaient très susceptibles de nuire, peu importe sa conclusion , du moment que les faits sur lesquels il l'appuie prouvent évidemment le contraire. Soit un facteur rural qui a été écrasé par une voiture : si le médecin envoyé pour constater son état, après avoir déclaré que cet homme a les deux jambes coupées, s'avisait de conclure qu'il peut cependant continuer son service , faudrait-t-il donc que le tribunal adoptât les conclusions du docteur?

Suivons maintenant le rapport de l'expert dans tous ses détails, et voyons ce qu'il en résulte.

D'abord, les deux canons sont encloués, l'intérieur en est obstrué de ferraille qu'on y a enfoncée
à dessein et qu'une rouille de trente ans a soudée aux
parois de la pièce ; pour obtenir une explosion, il
faudrait, d'après le rapport, forer une autre lumière,
fermer l'ancienne par une masse de fonte fortement
vissée, et chasser, par une charge de poudre, de
l'intérieur des canons, les corps étrangers qui les
obstruent. Assurément, **M.** Miot ne s'est jamais
demandé si ses canons pouvaient être remis en état
de service, et il a dû être bien étonné d'apprendre,
par le rapport de l'expert, que la chose était possible. Mais, supposons que **M.** Miot se fût mis en
tête de faire de ses canons des armes prohibées ;
qu'il eût bien voulu sacrifier cinq à six mille francs
pour avoir le plaisir d'entendre leur voix, comment
aurait-il pu arriver à son but, je vous prie ? Un canon n'est pas un objet que le serrurier du lieu puisse
mettre sur son enclume. Il aurait donc fallu qu'il demandât au gouvernement des machines et des ouvriers de ses fonderies ? Puis, les canons une fois ré-
parés, la difficulté eût été de trouver un homme assez
hardi pour mettre le feu à ces pièces ainsi rafistolées ;
et, je le demande à **M.** le président lui-même, vou-
drait-il, quand il y aurait un siége de conseiller à
gagner, se charger de la besogne ?

Mais, j'accorde que M. Miot puisse mettre ses canons en état de faire acte de pièces : à quoi lui serviront-ils? Si je poursuis l'examen du rapport, je vois qu'ils sont estropiés chacun d'un tourillon. Cette infirmité empêche qu'ils ne puissent être montés sur des affuts, et leur rend toute locomotion très laborieuse ; ils ne peuvent plus guère s'écarter de la place où ils sont, et il leur faudrait six mois au moins pour aller se mettre en ligne devant les Tuileries. Tout le mal qu'ils sont *peu* susceptibles de commettre ne peut donc s'adresser qu'à la ville de Moulins-Engilbert. Si donc M. Miot voulait faire le siége de la place, voyons quel parti il pourrait tirer de ses canons.

D'abord, pour les mettre en batterie — c'est l'expert qui le dit, — il faudrait qu'il élevât une plate-forme assez étendue pour que le recul ne les jetât point à terre. Élever une montagne factice, ce n'est pas là un travail d'une minute ; il faudrait pour cela bien des Auvergnats, et la journée d'un Auvergnat, garni de sa pioche et de sa brouette, ne coûte pas moins de quarante sous : vingt sous pour la brouette, vingt sous pour la pioche ; on a l'homme par-dessus le marché. Or, croyez-vous donc que M. Miot ait une caisse de siége? Ensuite, un canon

n'est pas un pistolet de poche, un objet qu'on emporte sous son bras comme un porte-manteau; et
M. Miot, tout vigoureux qu'il est, n'est pas un
hercule. Après avoir perdu beaucoup de temps pour
élever la plate-forme, il faudra en perdre autant
pour y faire arriver les deux canons; or, pendant
que ces ouvrages s'exécuteront, M. le maire de
Moulins ne pourra-t-il appeler à son secours la brave
garde nationale de Nevers, qui a déjà rétabli le drapeau tricolore à Saint-Saulge? elle se ferait, j'en
suis sûr, un plaisir d'aller remettre M. Miot sous
la domination de Louis-Philippe. Mais, supposons
que M. Miot achève, sans être dérangé, ses travaux
de siége : il résulte, du rapport de l'expert, que les
deux canons n'ont plus de bouton de culasse, et
que le pointage en est impossible; or, quel mal ces
deux canons aveugles peuvent-ils faire à la place?
Lorsque M. Miot ajustera la ville, il frappera le
village qui est à côté. Comment donc serait-il possible que de pareilles attaques triomphassent de la
bravoure des assiégeants? Que M. Miot les somme
tant qu'il voudra de capituler, il est évident pour
moi qu'il répondront : « Nous aimons mieux mourir que de nous rendre! » ce qu'on traduira dans
la postérité par ces éclatantes paroles : *Moulins-*

Engilbert meurt, il ne se rend pas ! Puis il paraît, d'après le rapport de l'expert, que nos deux
canons, si fermes du temps de la Convention , reculent maintenant d'une manière scandaleuse. C'est,
du reste, le sort de tous les braves qui ont le malheur de vivre trop longtemps, et Soult lui-même,
notre dernier général, ainsi que Lafayette, n'ont pu
échapper à cette maladie. Or, le transport des pièces
étant fort difficile, il faudra beaucoup de temps pour
les remettre en batterie, à moins que M. Miot ne les
retourne et, pour les faire revenir à leur place, ne
les tire en sens contraire. Toujours est-il que cette
artillerie ne pourra guère tirer qu'un coup par jour ;
or, pour peu que M. le commissaire de police de
Moulins-Engilbert sache la guerre, ne profitera-t-il
point de ce répit pour fondre, à la tête de ses agents,
sur la batterie , et sommer M. Miot, sur ses pièces,
de se retirer ? Puis, où M. Miot prendra-t-il des
munitions ? Avant toute opération , il faudrait qu'il
s'emparât du parc d'artillerie de Vincennes, ou qu'il
se servît, en guise de boulets, des tubercules de son
jardin. Mais, enfin, mettons les choses au pis ; admettons que M. Miot s'empare de la ville de Moulins-Engilbert : qu'en fera-t-il ? Et, d'ailleurs, M. le
maire n'aura-t-il pas toujours le temps de le faire

assigner au tribunal de Château–Chinon, pour qu'il
la rende ? Donc, les canons de M. Miot ne peuvent
faire aucun mal à la ville de Moulins–Engilbert ;
donc, ils ne peuvent faire de mal à qui que ce soit,
sauf à celui qui voudrait les tirer ; donc, ils n'ont,
d'une arme prohibée, que le nom et la forme ; donc,
ils ne sont pas une arme prohibée : j'espère que cela
est logique !

Mais, après avoir fait l'artilleur, faisons un peu
l'avocat : il faut savoir un peu de tout quand on est
pamphlétaire.

Par cela seul qu'à force de réparations, réparations impraticables, du reste, pour un particulier,
un canon mutilé puisse être remis en état de recevoir une charge, est-ce une raison pour que ce soit
une arme prohibée ? Quel objet, en y faisant les
réparations nécessaires; ne peut devenir une arme
prohibée, et qui ne condamnerez-vous point ? Avec
un briquet à piston, je puis faire un pistolet de
poche ; avec une canne et une lame de fleuret, je
puis faire une canne à épée. Si j'ai chez moi une
forge et du fer, vous direz encore que je suis détenteur d'armes prohibées ; car, ce fer, je puis ou le
rouler en canon de fusil, ou l'allonger en baïon-
nette, ou l'affiler en poignard. Si on vous montrait

une barre de fer, pour être conséquent avec vos principes, il faudrait que vous déclarassiez que c'est une arme prohibée ; car, avec quelque modification, elle peut le devenir. La perruque de M. le président lui-même est une arme prohibée ; car, à la rigueur, elle pourrait servir à bourrer un canon ; et que dirait-il, si M. le procureur du roi concluait, de ce qu'il a, lui président, du charbon dans son foyer, du soufre dans son armoire et du salpêtre dans sa cave, qu'il cache chez lui une fabrique de poudre ?

A la place de M. Miot, j'aurais dit au tribunal, sans faire de bruit, sans me fâcher : « Vous prétendez, messieurs, que mes canons sont une arme prohibée !.. mais, lisez donc avec attention le rapport de votre expert ; il en résulte précisément le contraire. Votre expert vous dit que, tels qu'ils sont, mes canons sont incapables de faire feu ; or, c'est tels qu'ils sont, tels que je les ai achetés qu'il faut les prendre, et non tels qu'ils peuvent devenir ; car, ni vous, ni d'autres, ne savez ce qu'ils deviendront. Vous êtes les juges du présent, et non du futur contingent possible ; vous ne pouvez me condamner pour un délit que je n'ai pas encore commis, quand bien même seriez-vous convaincus que je le commettrai demain , et le délit dont je suis accusé, vous savez bien qu'il m'est impossible de le commettre. En tout cas, puisque vous voulez que le coupable vous paie d'avance, au moins escomptez-lui donc sa peine. Mes canons peuvent devenir une arme prohibée, soit ; mais ce n'est pas là la question. Sont-ils ou ne sont-ils pas, maintenant, une arme prohibée ? Voilà tout ce que vous avez à décider. Vous perdez votre temps à examiner si je puis être en contravention demain, au lieu d'examiner si je le suis aujourd'hui. Chez quel peuple la peine précède-t-elle donc le crime ? Demandez à M. Dupin si une telle législation peut avoir cours en France, et vous verrez ce qu'il vous répondra. Savez-vous bien que vous seriez, sans le vouloir, des hommes dangereux, fort dangereux, si la jurisprudence qu'on veut m'appliquer était admise par vous en principe ? que nul n'oserait dormir tranquille dans l'arrondissement de Château-Chinon ? Il vous serait permis de faire arrêter tantôt celui-ci comme voleur de bestiaux , attendu qu'il peut voler des bestiaux , tantôt cet autre comme meurtrier, attendu qu'il peut assassiner quelqu'un ; vous pourriez accuser de chants séditieux un muet qui ne le serait pas de naissance, attendu qu'on peut lui rendre la voix. A votre tribune, le code pénal serait plus terrible cent fois que le code militaire : un grenadier qui se promènerait tranquillement le long du Rhin, un conseil de guerre ne déclarerait point qu'il est déserteur, attendu qu'il n'avait qu'à passer le fleuve pour gagner le territoire étranger. En tout cas, s'il était prouvé que cet homme ne sait point nager, comme il vous est prouvé, à vous, qu'il m'est impossible de faire réparer mes canons, bien certainement on le renverrait. Je suis encore innocent, puisque mes canons ne sont pas encore une arme prohibée : renvoyez-moi donc, par respect pour la loi, pour ne pas inquiéter les patriotes du pays, pour qu'ils ne croient pas qu'on leur fait un crime de leur opinion, de l'accusation ridicule que mes ennemis m'ont suscitée, et puisque je suis si odieux à l'arrondissement, je promets, pour dédommager tous ceux qui me poursuivent de leur haine, de commettre bientôt un vrai délit. » Or, si M. Miot eût parlé ainsi, je ne vois pas ce qu'eût eu à lui répondre le ministère public.

La condamnation de M. Miot est d'autant plus étrange, qu'elle porte atteinte à la chose jugée. Le conseil municipal de Moulins-Engilbert a vendu les canons. Il a eu, certes, le plus grand tort de les vendre. A sa place n'y eût-il pas eu un sou dans

la caisse et eût-il plu dans la salle des délibérations,
je n'aurais point voulu faire argent de ces nobles
reliques. Il est des souvenirs que tout Français doit
respecter, et malheur à qui voudrait les égratigner
d'une rature! Quand vous voyez la chauve-souris
chercher à souffler de sa grande aile velue un flambeau, vous n'avez pas besoin d'avoir lu Buffon pour
savoir que cet oiseau équivoque aime les ténébres.
La gloire nationale est trop précieuse pour qu'on
la laisse perdre, et ce n'est pas aux conseils mu-
nicipaux à la jeter par les fenêtres de leurs salles.
La gloire nationale est comme l'argent, elle a cours
à quelque coin qu'elle soit frappée, et il faut la prendre n'importe de qui elle vienne.

Je conçois que nos petits-maîtres du régime actuel n'aiment pas la Convention ; mais ici il ne
s'agit point d'aimer, il sagit d'admirer. L'époque
de la Convention est certainement la plus glorieuse
de notre histoire, et qu'on soit ce que l'on voudra,
ont doit être fier d'appartenir à une nation qui a
un tel chapitre dans ses annales. Là, du moins,
les vertus sont pures de tout alliage. Ce n'est pas,
comme sous l'Empire, le fanatisme d'un homme,
l'ambition, le besoin de renommée qui produisent
les grandes actions : c'est le saint amour de la pa-

trie ; et dans le grand homme il y a toujours le citoyen qui prédomine! Là tout le sang versé est
donné à la patrie. Ceux qui meurent, la gloire ne
les a pas fait boire à sa gourde pleine de poudre
délayée dans du sang! On meurt à la frontière, parce
que c'est la France qui est derrière soi ; on descend
sous les flots parce qu'elle vous regarde et rougi-
rait de vous si vous étiez des lâches ; on monte
d'un pied ferme à l'échafaud , non par ce que la
foule a les yeux sur vous , mais parce qu'un citoyen doit mourir ainsi ! Cette terre n'a pas besoin
d'une culture factice, d'un engrais étranger pour
produire : le soleil de la république est assez chaud
pour y faire pousser une moisson de glaives ! Le
conseil municipal ne veut pas se souvenir de la Convention ? tant pis pour lui ! Il ressemble à un fanatique habitant du Languedoc ou de la Gascogne, qui
ne trouverait point le soleil beau parce qu'il se lève
sur les cimes de l'Espagne. Pour nous, semblables
à ces gens qui, n'ayant pas de bois chez eux, vont
se chauffer chez le voisin , pour échapper à la
pensée de notre abaissement actuel , c'est dans ce
monde de géants que nous nous réfugions. Quand
nous sommes sur ces champs de bataille, impéris-
sables monuments que nous on laissés nos pères et

que tous ceux qu'on posera dessus n'effaceront
point, nous oublions que la France n'a plus d'épée!
L'orgueil nous monte au front comme si nous
étions nous-mêmes les enfants de cette grande époque. En sortant de cette chaude atmosphère, il
semble qu'on soit ivre de je ne sais quelle liqueur
inconnue. On se précipiterait sur les baïonnettes
ennemies, comme si on avait une poitrine de fer;
et s'il fallait mourir pour ses opinions, on mon-
terait à l'échafaud le front serein et les lèvres sou-
riantes! Oh non! ils n'ont point lu l'histoire de
leurs pères, ceux qui font commettre tant de lâ-
chetés à la France!

Le conseil municipal de Moulins-Engilbert, qui
répudie tout ce qui vient de la Convention, a
dans la salle de ses délibérations, indépendamment
d'un buste de Louis-Philippe, un gros morceau
de plâtre représentant Louis XVIII. Or, n'est-ce
pas une effigie bien glorieuse que celle de ce rusé
monarque? Son règne n'a-t-il pas été pour tous
les bons Français une époque de honte et de deuil?
n'est-il point le commencement de notre abaissement, la première marche de cet escalier que nous
descendons toujours, et dont on ne voit pas la fin?
Louis XVIII n'avait-il pas les pieds pleins de notre

sang ? n'avait-il point passé sur les cadavres de nos
pères , sur nos drapeaux renversés , sur nos aigles
étouffées dans la boue , quand il entrait en France,
au bras des souverains , et venait prendre le trône
encore rayonnant de notre empereur ? Ces Cosaques
qui sont venus s'asseoir en maîtres à nos foyers ne
lui servaient-ils point d'escorte ? En vérité, le conseil municipal de Moulins a oublié quelque chose,
c'est d'envoyer à Waterloo quelque artiste en plâtre
prendre une copie du monument que les souverains
y ont élevé, et de placer cette pièce à côté du buste
de Louis XVIII ! Que ces messieurs se souviennent
de la Restauration tant qu'ils voudront, chacun peut
faire de sa mémoire l'usage qu'il lui convient ; mais
de quel droit attaquent-ils dans leurs souvenirs ceux
de leurs administrés qui ont des sympathies opposées ? Fallait-il , pour trente-six francs , les priver
de deux vieux canons dont ils respectaient la rouille,
et qu'ils aimaient à rencontrer sur leur place ?
M. Miot n'a-t-il point fait acte de bon citoyen en
recueillant chez lui cette ferraille contemporaine
d'une si grande époque ? La Convention est morte :
vous le verriez bien, si vous aviez le bras assez solide pour lever le couvercle de son cercueil ! La race
des hommes qui l'ont composée est perdue comme

celle de ces animaux gigantesques que produisait la terre quand elle était dans sa première fougue de création. Louis XVIII, au contraire, a un héritier qui aspire ouvertement au trône de ses ancêtres ; ses partisans vont publiquement lui rendre hommage, et ils lui offrent à haute voix la France. Si c'est le danger des souvenirs qui doit les faire condamner, lequel des deux souvenirs est donc le plus dangereux et le plus révolutionnaire ? Du reste, ce n'est point en proscrivant les gloires du passé qu'on relève l'époque actuelle de son abaissement : on le rend au contraire plus visible. Si l'hysope devenait le roi des végétaux, ce serait un maladroit hommage à lui rendre que de mutiler le chêne. La France, sans gloire, sans force, sans influence, est comme ces anciennes familles féodales qui vivent maintenant en bourgeois dans leurs maisons, mais auxquelles on garde un reste de considération, à cause du nom de leurs ancêtres : ne lui déchirez point ses vieux titres de noblesse !..

Quoi qu'il en soit, le conseil municipal a vendu ses canons ; il les a vendus comme ferraille. Du moment que la vente des canons a été approuvée par le préfet, leur état d'impuissance est chose jugée ; il n'y a plus moyen d'y revenir. La décision d'un préfet

dans les limites de ses attributions, est souveraine
comme un jugement. On ne peut supposer qu'il
laisse mettre en adjudication des armes prohibées,
et quand bien même les objets vendus avec son ap-
probation seraient des armes prohibées, l'autorité
judiciaire n'a plus sur eux aucun droit d'investiga-
tion : c'est comme si elle voulait remettre en cause
un homme qui a été légalement absous. Et que se-
rait-ce, mon Dieu ! si les tribunaux avaient le droit,
quand le gouvernement met en adjudication ses
vieilles armes, de les faire expertiser entre les mains
des acheteurs ! Ainsi, les enchères ouvertes par lui
seraient un piége tendu aux citoyens : il pourrait se
faire rendre par ses juges , avec une forte amende
par-dessus le marché, les objets qu'il aurait vendus,
et dont il aurait touché le prix. Du reste, dans quel
but croit-on donc que les alliés aient fait subir aux
canons de Moulins-Engilbert les mutilations que
nous avons dites, si ce n'est pour les mettre hors de
service? Est-il probable qu'ils n'aient fait la besogne qu'à moitié, et sont-ils gens à ne pas achever leur ennemi? En vérité, ne dirait-on point que
le tribunal de Château-Chinon , qui juge ces mutilations imparfaites et les soumet à une expertise,
n'est composé que de vieux capitaines d'artillerie,

2

tous gens qui marchaient dans la poudre jusqu'à la cheville du pied, et qui ont du canon une expérience consommée ? Voilà un homme qui a la tête coupée, et on fait examiner par un médecin si en effet il est bien mort !

Assurément, si M. Miot eût acheté, de la ville de Moulins-Engilbert, dans les mêmes circonstances, un vaste bâtiment prohibé, on eût regardé à deux fois avant de lui en disputer la possession ; mais ceux qui lui ont suscité cette ridicule affaire, n'ont jugé de son importance que d'après le peu de valeur de l'objet en litige ; ils ont dit : « Quand nous ferions confisquer, à M. Miot, cette vieille ferraille avec laquelle il nous brave, cela ne fera pas une grosse plaie à sa bourse : il sera vexé, et voilà tout ce que nous voulons. » Mais, vexer un homme, c'est lui faire plus qu'un tort pécuniaire. Il y a, à la vérité, des gens qui ne sont sensibles qu'aux chagrins d'argent : les douleurs morales, comme les traits qu'on lance au corps de la baleine, ne peuvent pénétrer à travers la graisse de leur ame ; mais M. Miot n'est pas de cet acabit ; M. Miot est un de ces hommes que l'oppression révolte, et qui la combattraient jusqu'à la mort, si on pouvait la combattre avec une épée. Et vous-même, si votre en-

nemi vous avait terrassé et, vous appuyant son
genou sur la poitrine, vous arrachait un ruban ou
une fleur, ne souffririez-vous pas autant que s'il
vous arrachait votre bourse? D'ailleurs, la loi s'ap-
plique aux petites choses comme aux grandes, à
une épingle comme à un lingot d'or : pour un juge,
il n'y a point de chétive cause, et je suis bien sûr
que le grand Salomon n'eût pas mis moins de ré-
flexion dans son fameux jugement, quand bien
même, au lieu d'un enfant, il se fût agi d'un petit
chien. Si le délit reproché à **M.** Miot eût dû entraî-
ner une peine grave, il aurait certainement été ac-
quitté ; mais, malheureusement, le droit est insé-
parable des personnes. Il n'y a peut-être point, en
France, deux noms qui pèsent d'un poids égal dans
les balances de la justice ; toujours, dans les mêmes
circonstances, tel individu aura plus raison ou plus
tort que tel autre. Je comparerais volontiers le droit
à un habit qui paraît bien fait sur la personne d'un
fashionnable, et grotesque sur les épaules d'un
paysan : c'est une illusion dont on ne saurait se
défendre, une infirmité de notre pauvre nature. A
Dieu ne plaise que je suspecte l'impartialité du
tribunal de Château-Chinon ! mais, je le demande
à tout l'arrondissement, et je le demanderai même

aux juges, si c'était un autre que **M. Miot** qui fût
possesseur des canons en question ; si, même, après
les avoir achetés, **M. Miot**, au lieu de les exposer
sur les murs de son jardin et de les décorer d'ins-
criptions, en eût fait des pousse-roues pour sa porte
cochère, eût-on songé à les dénoncer comme armes
prohibées ? C'est donc parce que **M. Miot** a fait,
de ses canons, une manifestation politique, qu'on
lui a suscité cette querelle ? Mais, depuis quand les
patriotes n'ont-ils plus le droit d'exprimer leurs
sympathies ? Les écrire sur le dos d'un vieux canon,
ou les faire imprimer sur du papier, n'est-ce pas
la même chose ? Les conservateurs préconisent,
tant qu'il leur plaît, les turpitudes de leurs hommes
d'État ; leurs journaux empoisonnent la France du
fade encens qu'ils jettent autour de leurs ministres : qui songe à y trouver à redire ? Cherchons-
nous à leur arracher du front leur grande cocarde
grise ? Qu'ils nous laissent donc tranquillement porter le bout de cocarde que la loi nous laisse encore.
S'ils sont libres d'insulter les gloires de la patrie,
pourquoi ne le serions-nous pas de leur rendre
hommage ? Quand nous avons quelque chose à leur
reprocher, nous les dénonçons à l'opinion publique ;
eux, c'est aux tribunaux qu'ils nous dénoncent : est-

ce donc la même chose ? Ils ont tout ; ils ont les emplois , ils ont tous les honneurs que le gouvernement peut faire : veulent-ils encore la clef des prisons ? Ils nous ont pris le plus précieux de nos droits
de citoyen , celui de nommer nos représentants :
faut-il encore qu'ils nous prennent notre repos, la
paix et la sécurité de nos familles ? Ne peuvent-ils
donc nous laisser vivre tranquilles au milieu de nos
regrets et de nos espérances ? Leurs croix brillent-
elles d'un éclat plus beau, leurs pièces d'or rendent-
elles un tintement plus agréable , quand ils nous
voient le souci au front et l'indignation dans les
yeux ?..

M. Miot en appelle à Nevers. Il ne se dissimule
point qu'il est difficile de faire abolir par un tribunal la sentence qu'un autre tribunal a rendue ; et
d'ailleurs, que dira-t-il, pour convaincre ses juges,
qu'il n'ait déjà dit ? S'il n'a pu se faire absoudre
alors qu'il n'était qu'accusé , comment detruira-
t-il la prévention qu'une condamnation a soulevée
contre lui ? Et cependant , s'il était condamné ,
qu'en adviendrait-il ? Les patriotes perdraient courage ; lorsqu'ils seraient accusés d'un délit politique , ils ne voudraient plus se donner la peine de se
défendre. Nous voyons bien , diraient-ils, que nous

ne sommes plus sous la protection de la loi. Ce bout
de manteau qu'elle étendait encore sur nos têtes,
on l'en arrache impunément. Nous sommes sans défense contre les attaques de nos ennemis. La logique
n'a plus d'arguments pour nous défendre. La vérité
et la raison perdent toute leur force en passant par
notre bouche. Nos raisonnements les plus solides,
semblables à une flèche qui a perdu son dard en
volant, ne pénètrent plus dans l'esprit de nos juges.
Il semble qu'ils entendent tout le contraire de ce
que nous leur disons, et qu'un mauvais esprit
change en route nos paroles! La justice d'aujour-
d'hui n'a donc plus qu'une oreille? et comment se
fait-il que nous nous trouvions toujours du côté de
son glaive? Sur ce chemin qui a mené Dupoty au
Mont-Saint-Michel, verra-t-on toujours quelqu'un
qui passe? O liberté! si c'est toi qui règnes ici,
jette ta coiffure phrygienne et prends le bonnet d'un
monarque; car tu n'es que la tyrannie exercée par
trois cent mille maîtres sur des millions d'esclaves!
Déesse perfide! nous le voyons bien maintenant,
tu n'es funeste qu'à ceux qui te rendent un culte
sincère. Tu ressembles à ces féroces idoles de l'Inde
qui veulent que leur autel trempe dans le sang de
leurs adorateurs. Qu'as-tu fait de Jésus-Christ?

Qu'as-tu fait des Gracques ? Qu'as-tu fait de la Convention ? Qu'as-tu fait de la Montagne ?.... Qu'as-tu fait de tant d'autres qui sont morts en te servant ?.... Ton temple n'a donc point de porte ? ceux qui vont à toi n'arriveront donc jamais que sur le seuil, et les meilleurs tomberont donc toujours frappés sur les marches ! S'il en est ainsi, remets donc au moins dans les veines des enfants tout le sang généreux que tu as pris aux pères. Mais cela le tribunal de Nevers ne le laissera point dire ; il prouvera à tous que ce n'est point les opinions des accusés qu'il juge ; il se fera un devoir de réparer l'erreur malheureuse de ses collègues : il absoudra M. Miot ; car je n'ai jamais vu de cause plus juste que la sienne, et c'est pourquoi je l'ai défendue.

C. TILLIER.

Nevers, imprimerie de C. Sionest, rue du Fer, 16.

NON, IL N'Y A PAS EU

DE

RÉVOLUTION DE JUILLET.

Charlatans! ôtez d'ici vos tréteaux! allez représenter vos parades de fête ailleurs!.. Ce ne sont
point des fêtes que vous demandent ces masses af-
famées : c'est du travail; non ce travail ingrat qui
ne profite qu'à celui qui fournit la brouette et la
pioche, mais le travail qui donne du pain à l'ouvrier. Vous célébrez une révolution!.. mais, tout
ce feu que met une révolution au cœur d'un citoyen, est-il dans le vôtre?.. Croyez-moi, envoyez
à votre place les acteurs de vos théâtres; ils s'ac-

quitteront mieux que vous de votre rôle : votre tris-
tesse nous amuse, et vos grimaces d'allégresse nous
font pitié. Vous dites que vous célébrez une révolution !.. mais, pour célébrer une révolution, il faut
tout un peuple ivre d'enthousiasme ; il faut des
milliers de voix criant ensemble : VIVE LA LIBERTÉ !
MORT AUX TYRANS !!.. Quoi ! vous célébrez une
révolution ! et si quelqu'un de nous, trompé par
votre programme, troublait, par un refrain de la
Marseillaise, votre petit bruit de fête, vous le
feriez arrêter par vos gendarmes.

Vous avez fait, dites-vous, une révolution !..
mais, par où donc a-t-elle passé, que nulle part nous
n'en voyions la trace ? Un incendie laisse après lui
des cendres ; or, les cendres de l'ancien régime, où
sont-elles ? Vous avez fait une révolution !.. mais
une révolution n'est pas un événement isolé, un grand
fait s'élevant solitaire au milieu de son siècle comme
un pic au milieu d'une plaine ; un mortier qui ne
lance qu'une bombe ; une révolution a des suites,
or, les suites de votre révolution, quelles sont-elles ?
où est sa vigoureuse et turbulente famille ? Je ne
remarque, à la surface de l'Europe, aucun champ
de bataille de plus ; la *Marseillaise* dort dans le
cercueil de nos pères ; il n'y a point de bruits de

canon dans l'écho ; je ne vois pas traîner à l'horizon
ces longs nuages de poudre qui suivent la marche
des armées ; les souverains sont tranquilles sur leurs
trônes ; les peuples ne bougent point sous leurs fers,
et la France, vieille cantinière réformée, est assise
sur une escabelle, soignant sa marmite et se trico-
tant des chausses. Les rois ont-ils donc coutume
de vivre en bons voisins avec une révolution qui
s'établit auprès d'eux ? Quelle révolution avez-vous
donc faite, qu'ils n'aient pas cherché à faire passer
dessus leurs armées ? Autour d'un volcan qui s'é-
lève de la mer, les flots bouillonnent ; encore une
fois, quelle révolution avez-vous donc faite, que
l'Europe soit restée froide à son contact ?

Vous vous vantez d'avoir fait une révolution !..
mais, voyez donc qui vous êtes ! avec vos barbes
de toutes sortes vous ne savez que rouler des ballots
et mesurer des étoffes. Non, si une révolution avait
éclaté en France, ce n'est point vous, ce seraient vos
femmes qui l'auraient faite : leur quenouille est
plus lourde que votre épée.

Vous dites que vous avez fait une révolution !..
Mais, une révolution, croyez-vous que nous ne sa-
chions pas ce que c'est ? que nous prendrons la fumée de votre chiffon mouillé pour un incendie ? Nos

pères aussi ont fait une révolution, et cette révolution tressaille encore dans nos cœurs. Chez eux , la
montagne n'est pas accouchée d'une fourmi, la lionne
d'un petit chien ; mais la France a failli périr dans
ce grand enfantement ; mais eux, nos pères, ils ont
écrit leur nom sur d'immortels champs de bataille ;
de leurs fers brisés , ils ont fait une colonne plus
haute que toutes celles que les rois et les empereurs
ont élevées : tous, soldats ou citoyens, ils étaient des
hommes extraordinaires, chacun dans les limites de
son existence. Autour d'eux, ils ont tout réformé ;
ils ont arraché la surface de la vieille France , et ils
ont mis à la place un sol nouveau. Les lâches ne venaient point tendre la main à leur révolution pour
avoir de l'argent et du galon, car elle ne leur eût
donné qu'une épée, et quand les traîtres voulaient
la faire reculer , elle faisait un pas en avant et les
écrasait. Si on a des crimes à reprocher à nos pères,
ces crimes n'étaient que l'excès de leurs vertus. Ils
ont fait couler à flots leur sang et celui des autres ;
mais c'est sur cette couche de sang calciné que vous
avez élevé vos monuments , que vous avez planté
vos institutions, arbustes malades dont vous arra-
chez les branches à mesure qu'elles poussent. Si
vous avez encore quelque reste d'éclat, c'est que vous

êtes la queue refroidie de cette flamboyante comète qui a tant rayonné sur le monde.

Et c'est le peuple qui a fait cette révolution !.. Mais, ce peuple, où est-il ? qu'est-il devenu ? Je ne le rencontre ni dans la chambre des députés, ni dans la chambre des pairs, ni dans les conseils généraux, ni dans les conseils d'arrondissement ; il n'a pas même quelques chaises dans les conseils de commune ! Où se cache-t-il donc ? Est-il comme ces preux de la Table-Ronde qui se jetaient corps perdu dans une bataille et disparaissaient après l'avoir gagnée ? Je vois bien, dans la fumée des ateliers, au milieu de la poussière des fabriques, des hommes, des femmes, des enfants courbés sous un travail qu'ils ne quittent que pour manger et dormir, travail mortel qui use, comme une pierre à aiguiser, l'organisation la plus dure, qui tue une moitié du corps pour faire vivre l'autre. Or, si ces gens-là avaient fait une révolution, est-ce qu'ils seraient si misérables ? Pour prix de leur sang, ils auraient au moins exigé du pain : le droit de manger est celui de tous qu'ils comprennent le mieux ; car ils ont trente-deux dents aussi bien que le riche, et, celui-là, ils n'auraient pas souffert qu'on le leur prît.

Vous dites qu'une révolution s'est accomplie !..

Mais, voyez donc quels sont ceux qui prédominent ;
quelles herbes, dans le champ national, montent par
dessus les épis !.. Si je regarde en haut, je n'aper-
çois que des lâches, des traîtres, des transfuges, des
voleurs, oui des voleurs ; car l'argent qu'on reçoit
sans l'avoir gagné, ou quand on l'a mal gagné, on
le vole ; vieillards taris dont l'âme est morte depuis
trente ans, qui depuis trente ans n'ont plus de patrie ;
vieux chênes qui n'ont plus que l'écorce, poignée de
cendres et de pourriture enfermée dans un vase de
Sèvres ! Quant à la capacité de ces gens-là, elle est
faite de l'expérience de leurs premiers subalternes et
de la faconde de leur secrétaire, habile à dorer des
mensonges : c'est une stérile limaille d'or qui n'est
bonne qu'à sécher des signatures. Or, je vous le
demande, de tels êtres pourraient-ils vivre dans l'air
vif et pur d'une révolution ? Voit-on l'immonde cra-
paud pulluler dans l'eau claire ?..

   Vous prétendez avoir fait une révolution !.. Mais,
que s'est-il donc passé depuis ? Les rois attendaient
avec anxiété ce que vous alliez faire ; déjà le chant
terrible de votre *Marseillaise* leur bourdonnait dans
les oreilles, et ils sentaient comme un abîme remuer
sous leur trône. Ils tremblaient que vous ne vous
souvinssiez du chemin de leurs capitales ; que votre

coq, ramassant la foudre éteinte et les ailes tombées
de l'aigle, ne vînt enfoncer ses jeunes ergots au
cœur de leurs états. Trop peu sûrs de leurs peuples
pour vous attaquer, ils ne songeaient encore qu'à
se liguer pour se défendre. Si vous vous étiez moins
hâtés d'avoir peur, ils auraient envoyé leurs ambas-
sadeurs vous demander non votre amitié, mais la
faveur de votre indifférence : entre deux généraux
décidés à la retraite, c'est à celui qui reste le plus
longtemps dans son camp qu'appartient l'honneur
de la victoire. Mais, quand il s'agit de s'alarmer,
vous ne vous laissez devancer par personne. Vous
ne connaissez point le pouvoir des fortes paroles :
ces mots souverains que prononçaient la République
et l'Empire vous feraient éclater la mâchoire. Vous
avez envoyé des notes suppliantes aux principales
cours de l'Europe ; devant ces souverains mal ras-
surés encore, vous avez renié votre liberté ; vous
l'avez déguisée en demoiselle ; vous leur avez dit
que ce n'était point une liberté de peuple, mais une
liberté bourgeoise, un être avorté auquel il ne pous-
serait jamais de dents pour déchirer la poudre,
qu'on laisserait s'étioler à l'ombre d'un comptoir,
et qui n'était destiné qu'à faire des cornets ; que la
charte conquise ne serait qu'une édition mal revue

de la charte octroyée ; que si vous vous étiez mis à
la tête de la révolution, c'était pour en réprimer le
mouvement, et non pour l'accélérer ; qu'on vous
laissât faire, qu'aussitôt que vous seriez maîtres
dans votre ciel, vous épancheriez de froides et con-
tinuelles pluies sur cet ardent été qui venait de s'allumer parmi nous ; que vous l'envelopperiez de
brumes épaisses et que vous en auriez bientôt fait
une fin d'automne. En 93, la France, c'était le soleil : tant pis pour ceux qui ne voulaient pas la voir !
et maintenant, planète éteinte, elle obtient à peine
la faveur d'être vue et notée sur les tables astronomiques de l'Europe. On vous a fait grâce ; mais,
depuis qu'on ne vous hait plus, on vous méprise, et
vous êtes sous la surveillance de la haute police de
l'Europe. Si vous aviez fait une révolution, ne pré-
féreriez-vous pas une mort glorieuse à une telle
vie ?

Et que s'est-il donc passé encore ?.. L'Angleterre
est notre éternelle ennemie : c'est une phrase qui
est au cœur et dans la bouche de tous les Français;
et, d'ailleurs, elle est l'ennemie de tous les peuples.
La France et elle, c'est un lion et un tigre dont les
retraites se touchent : elle n'oubliera jamais que,
pendant vingt ans, nous l'avons effacée par notre

gloire, et nous, nous n'oublierons jamais Waterloo, cette fatale et suprême rupture de Napoléon et de la fortune, Waterloo, cette victoire de hasard que Wellington a trouvée ; la colonne qu'ils ont mise là sur le cercueil de l'Empire nous pèse aussi sur la poitrine. Cependant, vous avez sollicité l'alliance de l'Angleterre... que dis-je, sollicité ? vous l'avez achetée. Ce que vous avez donné en échange, nous le savons ; ce que vous avez promis, nous ne pouvons que le soupçonner ; mais, au fond de ces négociations, il y a dû avoir de la honte pour la France, puisque Talleyrand en était chargé ! Vous dites que les haines nationales ne peuvent être éternelles, soit ; mais votre amitié ne vaut-elle pas bien celle de l'Angleterre ? Pourquoi donc est-ce vous qui lui tendez les premiers la main ? L'Angleterre, ce monstre difforme qui a les membres plus gros que le corps, est-elle si puissante que vous lui abandonniez le premier rang ? Paris ne pouvait-il être, comme Londres, la capitale des protocoles ? Etes-vous de ces gens sans importance qu'on fait venir chez soi quand on veut leur parler ?.. Non, si vous aviez fait une révolution, vous aimeriez mieux avoir l'Angleterre pour ennemie que de l'avoir pour protectrice !

Et que s'est il passé encore ? Une étincelle de

vos Trois Journées était tombée sur la Belgique.
Elle se débarrassa de la domination de la Hollande.
Mais se sentant trop faible pour être un peuple,
elle voulut effacer cette ligne de démarcation tracée
dans la poussière, qui la séparait de la France, et
elle vous offrit sa liberté. C'étaient cinq à six millions de Français faits prisonniers par la Sainte-Al-
liance qui venaient, comme le bras d'un fleuve se
réunit au lit natal après en avoir été quelque temps
séparé, se réunir à la mère-patrie. Vous alliez lui
tendre les bras ; mais l'Angleterre a secoué la tête,
et vous les avez bien vites fermés ! Il y a plus : il
entrait dans les projets des souverains que la Belgique fût un peuple nul ; vous y avez prêté les
mains. Vous avez laissé couper les bras et les jambes à votre allié, de peur qu'au jour d'une guerre
européenne il n'accourût dans vos rangs, tant vous
aviez peur qu'on vous prît pour des révolutionnaires ! Pour comble de précaution, les mêmes
souverains ont voulu qu'une haine nationale surgît
contre vous en Belgique ; cette haine vous vous
êtes chargés vous-mêmes de la faire naître. Vous
avez consenti à ne laisser déployer sous les murs
d'Anvers que le seul drapeau français, vous avez
exclus de l'expédition l'armée belge qui en récla-

mait à grands cris sa part. Ainsi le voulaient les protocoles. La Belgique ne vous a point pardonné cet affront, et vous êtes revenus du siège d'Anvers chargés
de ses malédictions! Si, du moins, vous eussiez ren-
versé, en passant, le lion de Waterloo qui pèse d'un
poids si lourd sur la poitrine de nos braves, la France
ne regretterait pas le peu de sang qu'elle a versé dans
cette expédition! Allez! un peuple qui a fait une
révolution ne se laisse pas lier les mains avec les
bandes d'un protocole!

Et que s'est-il encore passé? La Pologne avait
vu du fond de ses brumes un éclair briller à votre
horizon. Elle crut que la chaude saison était reve-
nue pour vous. Elle était déjà notre sœur de gloire
et de combats, elle voulut être aussi notre sœur de
liberté. Elle avait couché avec la France aux mêmes
bivouacs, elle avait été avec nos pères sur les grands
champs de bataille de l'Empire, elle n'avait point
profité de nos victoires, et elle avait souffert de nos
désastres. Elle crut que vous ne renieriez pas la dette
de sang contractée envers elle; qu'à son premier
cri d'alarmes, vous voleriez à son secours à travers tous les obstacles. Elle alla bravement enfoncer
sa lance dans les flancs du boa russe, et le força
de rouler ses anneaux jusque sur ses domaines. Mais

débris mutilé d'un petit royaume, elle était trop faible pour lutter contre un empire ; elle ne pouvait que se débattre sous l'étreinte du colosse et déchirer les bras fermés sur elle qui l'étouffaient. Au milieu de ses combats désespérés, elle tournait de temps en temps la tête de votre côté, et s'écriait : « A moi, ma sœur, on m'assassine ! » Mais vous, pendant qu'elle mourait abandonnée, vous criiez : « Vive la Pologne ! vivent les braves Polonais ! » Une stérile admiration et des acclamations, voilà tout le secours qu'elle a eu de vous, et plus tard, le sang que vous deviez à cette malheureuse nation, vous étiez obligés de l'acquitter par une aumône envers ses enfants orphelins !...

Vous ne pouviez, dites-vous, secourir la Pologne ; la Prusse vous barrait le passage. Mais qu'est-ce que la Prusse pour la France qui marche en armes ? Une poutre, un sillon, une ornière ! J'aurais roulé mes canons jusqu'à sa frontière, et j'aurais dit à la Prusse : « Ces hommes qu'on assassine là-bas sont nos frères ; laisse-nous aller à leur secours, ou nous allons te percer de part en part de nos boulets ! » Et si elle eût dit *non*, je l'aurais enfoncée comme un vitrage ! Entre elle et une révolution qu'on égorge, une révolution

qui grandit trouve-t-elle des obstacles ? Les souverains eussent menacé ; ils eussent dit : « Nous ne
pouvons souffrir..... les puissances de l'Europe ne
sauraient permettre..... nous regarderions comme
une déclaration de guerre, si..... » Il fallait répondre : « Je veux ! »—syllabe de fer qui vaut, lorsqu'elle est dite à propos, des armées, —et pousser en
avant le wagon terrible de votre révolution ! La Pologne ne serait point morte ; elle serait là, veillant à
votre seconde frontière, prête à percer de sa balle
l'ours blanc de la Russie, s'il voulait sortir de ses
frimas. Si les souverains eussent été assez forts pour
vous attaquer, ils l'eussent fait. Ce ne sont pas vos
concessions et vos airs d'obséquiosité qui les eussent
désarmés. Voilà ce qu'il fallait comprendre ! Il savaient bien que leurs peuples étaient nos secrets
alliés, et que, s'il montaient à cheval pour nous
faire la guerre, leur coursier, appelé par le hen-
nissement des nôtres, les emporterait dans nos rangs.
Mais vous n'avez de ceux qui font une révolution
ni l'œil, ni le cœur, ni le bras. Vous n'avez pas
su profiter de la position admirable que vous vous
étiez faite. Vous aviez en main la liberté de l'Europe, et vous avez craint d'ouvrir la main. La
foudre était à côté de vous, et vous avez eu peur

de vous brûler les doigts en la prenant ! Le bruit de
cet immense océan qui roulait ses vagues devant
vous , vous à effrayés, et vous avez refusé de quitter la terre. Non vous n'avez pas fait de révolution !
Si vous eussiez fait une révolution , on n'enten-
drait point un seul bruit de chaînes à la surface du
monde !

Et que s'est-il passé encore ? L'Italie, cette sol-
fatare qui toujours fume, cette cendre encore chaude
de l'ancienne Rome , jetait des flammes. L'Italie
avait secoué le joug de ses trente-six roitelets et
arraché de sa chair la trompe de ces puces féroces
qui sucent son sang depuis si long-temps. Elle se
croyait à l'abri d'une invasion de l'Autriche, parce
que le principe de non-intervention avait été so-
lennellement posé par la France, et que , d'ailleurs, la France l'avait encouragée et lui avait promis son appui. Mais, ce principe de non-intervention, l'Autriche l'a déchiré comme une toile d'a-
raignée. Ce que vous n'avez osé faire pour sauver la
Pologne, elle l'a fait, elle qui, cependant, n'est pas
accoutumée à gagner des batailles, pour maintenir
l'Italie dans la servitude. A peine celle-ci a-t-elle
eu relevé son drapeau, qu'elle a envoyé ses lourds
bataillons le fouler aux pieds, et servir de gen-

darmes aux bourreaux qui coupaient la tête des patriotes. Quoi ! vous avez fait une révolution, et vous êtes une puissance sans *ultimatum* ; vous ne pouvez rien faire , ni rien empêcher en Europe ; on prend toujours le contrepied de ce que vous demandez. Et ici quels sont ceux qui vous bravent ? Ces mêmes Autrichiens qui ont toujours tourné le dos devant vos soldats, et dont les canons sont sur votre place Vendôme, roulés en images de bronze ! C'est ce même monarque que vous avez forcé deux fois de déménager et qui a été obligé de nous donner sa fille pour faire des héritiers à notre empereur. Un principe posé par un peuple, c'est sa frontière ; celui qui le viole lui déclare la guerre. Vous dites que vous avez fait une révolution ! Mais, cette insulte devant laquelle vous restez impassibles , vos pères fussent allés la venger jusqu'à Vienne. Si vous eussiez eu aux tempes la sueur d'une révolution, vous eussiez été enchantés qu'on vous fournît l'occasion de revoir ces vieux champs de bataille dont vos pères avaient semé l'Italie , de saluer du bruit de vos canons leurs grandes ombres , de cueillir quelques branches à leur laurier en fleurs pour vous faire une couronne, de faire boire encore un peu de sang Autrichien à cette terre

d'Italie qui le trouve si bon et qui en a perdu le
goût. Mais vous n'avez plus l'haleine assez longue
pour franchir les Alpes. Tout ce que vous avez osé
faire, ce fut d'envoyer quelque infanterie à Bologne ; et, encore, dans quel but cette expédition
a-t-elle été entreprise ?.. En entrant en Italie, les
Autrichiens savaient, du moins, ce qu'ils venaient
y faire, et ce qu'ils y venaient faire, ils l'ont fait ;
mais vous, savez-vous, même aujourd'hui, ce que
vous êtes allés faire à Bologne ? Tandis que vos
soldats jouaient à la *drogue* derrière leurs murailles,
les Autrichiens achevaient d'asservir l'Italie, et on
eût dit que vous n'étiez venus là que pour voir s'ils
s'acquittaient bien de leur besogne ; et encore, si
notre drapeau flaneur s'est montré sur les murs de
Bologne, c'est que nos soldats ont été trop tôt
vainqueurs, qu'ils n'ont pu recevoir à temps l'ordre
de leur retraite. Comme cet acte d'énergie a dû
vous rehausser aux yeux de l'Europe ! La belle expédition que la prise de Bologne !.. S'il n'y a pas
encore, au musée de Versailles, un tableau représentant le siége de Bologne, il faut vous dépêcher
d'en commander un. Prise d'Anvers, prise de Bologne : le magnifique total que cela présente !.. Vous
dites : « Cet homme est mon parent, et je défends à

qui que ce soit d'y toucher. — Et moi, répond un chenapan, il est mon ennemi, et je vais le battre jusqu'à ce que mort s'en suive! » Alors, vous prenez une attitude menaçante, et vous répondez : « Bats-le tant que tu voudras ; mais je me mettrai à ma fenêtre, et je te regarderai faire. » Pour un peuple qui a fait une révolution, quel courage, quelle force de volonté, et qu'on est heureux d'avoir un pareil allié !.. Et n'est-ce pas à cette occasion qu'un des vôtres, un brave avocat qui ne peut souffrir ceux qui ont le sabre au côté, parce qu'il porte, lui, la plume derrière l'oreille, a dit : « Le sang de la France n'appartient qu'à la France?» Or, si vous eussiez fait une révolution, eût-il osé vous tenir ce langage? Oui, le sang de la France gouvernée par des avocats, abrutie par l'égoïsme, n'appartient qu'à la France ; mais le sang de la France, quand elle a fait une révolution, appartient à tout opprimé qui réclame son secours : tous les tyrans sont ses ennemis, et tous les peuples qui s'affranchissent sont ses frères.

Que s'est-il passé encore ? Méhémet-Ali était notre ami, c'était du reste notre dernier allié. Sous son gouvernement, l'Égypte commençait à devenir une puissance. Nos officiers lui disciplinaient une

armée, et notre pavillon, joint au sien, eût été
aussi large que celui de l'Angleterre. Maintenant
il n'a plus d'armée, il n'a plus de flotte ; de souve-
rain qu'il s'était fait, le voilà redevenu vassal. La
vieille Égypte est enfouie à tout jamais sous le limon
du Nil ! Et pourquoi Méhémet-Ali est-il tombé dans
la disgrace des souverains protocoliseurs de l'Europe ? Parce qu'il était votre ami et votre allié. Il
y a en Amérique un gros arbre de belle apparence
qui donne la mort à ceux qui cherchent un abri sous
son feuillage. Vous êtes de même. Votre protection
est une cause de ruine ; et encore devez-vous vous
trouver bien heureux que le congrès ne vous ait
point forcés à prendre vous-mêmes Beyrouth !

L'Angleterre vous fait une guerre bien habile et
parfaitement combinée. Elle vous affaiblit en vous
déconsidérant. Elle sait bien, la perfide qu'elle est,
qu'un acte de lâcheté est plus fatal à un peuple que
dix défaites ! C'est non seulement vos alliés pré-
sents qu'elle vous ôte ; c'est encore les alliés que
pourrait vous donner l'avenir. Et, en effet, à quel
peuple oserez-vous présenter votre alliance, quand
on saura qu'elle se retire aussitôt qu'on a besoin
d'appui ? Cependant la honte était montée au front
de vos ministres ; ils s'étaient retirés du congrès

européen. Mais vous êtes comme les enfants qui ont
peur quand ils sont seuls , vous vous êtes effrayés
de votre isolement. Ces hommes qui avaient laissé
percer leur mécontentement de ce qu'on humiliait
la France, étaient trop fiers pour vous. Vous avez
pris un traître de notoriété publique et une poignée
de ces hommes sans fibre nationale pour lesquels
tous les portefeuilles sont bons, et vous les avez en-
voyés redemander aux rois la grace de vous rasseoir
à leur table verte et de signer après eux leurs protocoles ! Or, je vous le demande , un peuple sorti
d'une révolution eût-il voulu descendre à une telle
humiliation ? Agir ainsi , n'est-ce pas faire comme
un valet qui , après avoir brusquement quitté son
maître , revient le lendemain lui demander la faveur
de reprendre sa place ? Ici c'est la même chose qu'en
Italie : vous vous fâchez, on fait toujours , et vous
laissez faire. Cette colère est-elle donc celle du vail-
lant et du fort ? Pour un peuple fort , ses alliés c'est
lui-même, et malheur à qui les touche ! ou il tombe
avec eux , ou il les venge. Il sait que ce n'est qu'à
ce prix qu'on a des alliés fidèles. Pour venger la
ruine de Sagonte, Rome s'est mise à deux doigts
de sa perte ; mais aussi Rome est devenue la maîtresse de l'univers. Si Méhémet-Ali eût été l'allié

de nos pères , au premier boulet tiré contre Beyrouth, tous nos canons fussent partis d'eux-mêmes,
et le commandant de notre escadre, pour attaquer
les Anglais , n'eût pas seulement cru devoir attendre un ordre de guerre. Céder toujours n'est pas
une maxime à l'usage d'un peuple libre. L'honneur
et la liberté sont sœurs ; là d'où l'honneur s'est re-
tiré, la liberté ne reste pas longtemps.

Que s'est-il donc passé encore? Jusque - là les
Anglais s'étaient donné la peine de cacher leurs ja-
lousies sous une apparence d'intérêt européen. Ils
ne nous avaient encore attaqués que dans la personne de nos alliés. Mais votre impassibilité les a
enhardis ; ils ont profité de la bonne volonté de
M. Guizot pour élever leurs insultes jusqu'à notre
pavillon lui-même. Sous prétexte d'un droit de
visite équivoque , ils ont exercé sur nos navires
marchands une espèce de piraterie. Ils les ont ar-
rêtés au milieu de leur course ; ils y ont porté le
désordre et le pillage , et le nom français n'a pu
préserver nos matelots de ces indignes traitements
dont on ne flétrit que les esclaves. Oui , des officiers
anglais ont frappé nos concitoyens ! Ces faits ont été
portés à la tribune ; mais l'insulte est demeurée
impunie. M. Guizot semblait même penser que les

Anglais n'avaient pas usé assez complètement de leur droit, et il voulait qu'on étendît encore le traité qui avait servi de prétexte à ces avanies. Et vous dites que vous avez fait une révolution ! Mais cette révolution, de quelle nature est-elle donc ? Il y a donc des révolutions qui vieillissent au lieu de rajeunir, et au lieu d'aviver qui éteignent ! Sous quel gouvernement la France a-t-elle donc laissé insulter son drapeau ? et la vieille monarchie, elle-même, avait-elle habitué les Anglais à tant d'audace ? Vous avez dit que ce serait un cas de guerre si on attaquait votre frontière; — c'est, je crois, M. Dupin qui a osé prononcer cette belliqueuse parole ; — vous avez dit encore que le vaisseau décoré de son pavillon était la frontière qui s'éloignait du rivage. Est-ce donc encore là une vaine parole ? Pour repousser la violence par la force, attendez-vous donc que les Anglais jettent leurs bombes dans vos ports ? Depuis que M. Dupin a parlé ainsi, vos boulets ne sont-ils plus aussi pesants qu'auparavant ? vos caronades n'ont-elles plus la même portée, ou est-ce l'Océan qui refuse de plier sous vos vaisseaux ? Pourquoi donc tous ces sacrifices d'intérêts et d'honneur que vous faites à l'Angleterre, et quand le dernier sera-t-il accompli ? L'Angleterre est-elle donc, ô mon Dieu, l'arbitre de nos destinées ! La France a vécu trois à quatre cents ans avec l'inimitié acharnée de l'Angleterre ; comment se fait-il donc qu'elle ne puisse maintenant se passer de son alliance ? La République était seule en Europe ; son isolement ne l'a pas empêchée de triompher de ses ennemis, et vous, ses fils, vous ne pouvez faire un pas sans vous tenir au bras de l'Angleterre ! Mais vous n'êtes donc que la rouille d'une épée, que la cendre d'un amas de poudre ?...

Et voyez comme l'insulte amène l'insulte ! Une reine de sauvages, une femme qui était presque notre sujette, ose, elle aussi, excitée par les Anglais, insulter votre drapeau. Le chef de votre escadre eût cru manquer à ses devoirs s'il eût laissé tant d'insolence impunie. Il n'y avait rien, dans ses instructions, qui lui indiquât la manière dont il devait agir si le cas actuel échéait ; M. Guizot avait oublié de mettre dans sa note que, sous son ministère, il était défendu à nos marins de montrer du courage et de la fierté : il céda à un sentiment d'honneur national, et s'empara de cette poignée d'îles. C'était une conquête bien facile, à la vérité ; mais la conduite de notre amiral n'en était pas moins ferme et honorable, parce qu'en mettant à la raison ces magots insolents, c'était les Anglais eux-mêmes qu'il châtiait. Cependant, M. Dupetit-Thouars a été désavoué; on a justifié ceux qui nous avaient insultés, et on a donné satisfaction aux Anglais, les provocateurs de l'insulte : volontiers il eût fallu, si la reine des Iles-Marquises lui eût intimé l'ordre de quitter ses rivages, que notre amiral ramenât sa flotte en France. Ainsi, voilà les glorieuses actions que votre révolution a produites ! Il faut que tous les peuples du monde sachent vos faiblesses; que vous les rendiez témoins de vos humiliations. Il semble que vous ayez pris à tâche de démentir tout ce que la renommée leur a dit de nous ; que vous teniez à les détromper de notre gloire. François Ier, vaincu et prisonnier, s'écriait avec un noble orgueil : « Tout est perdu, hormis l'honneur ! » Vos ministres s'écrient, à la tribune, avec plus de fierté encore : « Tout est sauvé, hormis l'honneur ; » car voilà le résumé de toutes leurs harangues justificatives. Et vous qui avez fait une révolution, vous applaudissez à de telles paroles ! vous appelez ceux qui les disent les *sauveurs de la patrie* !.. Oh ! non, révolutionnaires transis, ne nous parlez pas de votre révolution; dans l'histoire d'une révolution, il n'y a point de pareilles choses !

Voilà ce qui s'est passé à l'extérieur ; mais, à l'intérieur, que se passe-t-il donc ? Sans doute votre révolution a épuré vos mœurs ; elle a cautérisé cet ulcère de corruption qui rongeait le corps politique et allait toujours s'élargissant ? Les comptoirs électoraux sont renversés ? on ne trafique plus du suffrage des arrondissements avec les routes, les canaux, les chemins de fer de la Nation ? vos rubans rouges dont vous aviez fait la monnaie de billon de cet infâme commerce, sont redevenus le signe de l'honneur ? quand un homme influent a un trou à sa réputation, ils ne servent plus à y mettre une pièce ? — Or, est-ce bien là l'effet qu'a produit votre révolution sur la morale publique ?

Et que se passe-t-il encore à l'intérieur ? Sans doute, le candidat à la députation ne veut pas d'autre recommandation que son patriotisme et sa vertu ? il est, au milieu des électeurs, sans promesses et sans poignées de main, immobile et muet, comme est une statue à vendre au milieu d'un groupe d'amateurs ? Sa vie passée, voilà toute sa profession de foi ? Une fois qu'il est à la chambre, il ne sait plus quel arrondissement l'y a envoyé ? Il est libre de toute ambition locale et personnelle ; il est inconnu dans les bureaux du ministère, et ses commettants

ignorent son adresse ? Il ne songe, lui qui est magistrat et père de famille, ni à s'élever, ni à faire
entrer au parquet son fils, jeune avocat sans causes,
mais plein d'espérances ? Il se regarde comme un
végétal qui a atteint toute sa croissance, et ne demande au soleil que de le revêtir tous les ans de ses
feuilles accoutumées ? — Or, est-ce bien là les députés que votre révolution vous a faits ?

Que se passe-t-il encore à l'intérieur ? De leur
côté, sans doute, vos ministres ne veulent exercer
autour d'eux aucune influence illégitime ? Ils savent
que les emplois ne leur appartiennent point ; qu'ils
ne peuvent en disposer comme de leur chose ? que,
dans le choix des fonctionnaires publics, ils ne sont
pas aussi libres que l'est un maître dans le choix
de ses valets ? Ils n'en font ni le patrimoine de leurs
parents, ni la solde de leurs créatures ? Ils se feraient
scrupule de gouverner avec des boules pipées ? leurs
subalternes restent complètement maîtres de leur
vote : ils ne savent ce que c'est que de confisquer à
quelqu'un sa conscience ? Si un fonctionnaire venait
dire à M. Guizot : « Faut-il voter pour vous, ou
pour l'opposition ? » cet austère ministre répondrait : « Pour moi, si j'ai raison ; pour l'opposition,
si j'ai tort ? » Leur vertu est inflexible avec tout le

4

monde : que le choc vienne d'en haut, qu'il vienne d'en bas, ils résistent? Ils ne reconnaissent d'autre maître que la Nation? Ils veulent bien que le roi les préside, mais ils ne veulent point qu'il leur impose sa volonté : ils le laissent régner, et ils gouvernent? Ils ne font rien pour conserver leur portefeuille; arrivés au pouvoir avec la majorité, comme un bois inerte que le flux pousse, quand le reflux vient, ils ne cherchent point à se retenir au rivage? — Or, est-ce là les ministres que votre révolution a amenés au pouvoir? Répondez !..

Que se passe-t-il encore à l'intérieur? Sans doute la représentation nationale est maintenant une vérité? La Chambre n'est plus encombrée de fonctionnaires salariés, majorité inerte, indifférente, que prend celui qui vient des mains de celui qui s'en va, comme, en prenant une ferme, on prend les troupeaux qui en dépendent? Elle est indépendante comme le sénat d'une vieille république; elle est l'ame et le cerveau de la France; toutes les sympathies et les antipathies de la Nation ont un écho dans son urne? Un ministre qui oserait porter atteinte à l'honneur du pays en répondrait sur sa tête, et si quelqu'un de ces chercheurs de portefeuilles s'avisait de déclarer à la tribune qu'il est

allé au devant de nos ennemis autrement que pour
les combattre , il serait chassé de la Chambre par
une huée ?— Or, votre assemblée législative, est-ce
ainsi, depuis votre révolution de juillet, qu'elle est
faite ? Quant à l'autre Chambre , j'en conviens , il
n'est point de révolution qui puisse la rajeunir.

Que se passe-t-il encore à l'intérieur ? Sans doute
cette promesse d'un gouvernement à bon marché
qu'on vous faisait n'était pas un leurre ? Votre royauté citoyenne ne vous coûte pas plus cher qu'une
présidence de république ; peut-être même ce roi
bourgeois qui trouvait un parapluie assez bon pour
abriter son diadème , se contente-t-il de ses im-
menses revenus personnels ? Qu'avez-vous besoin,
d'ailleurs , d'une royauté si bien galonnée ? Votre
France est-elle plus grande que du temps de Char-
lemagne, qui faisait vendre au marché les légumes
de ses jardins ? est-elle plus glorieuse que sous le
gouvernement du premier consul Bonaparte, auquel
suffisaient , pour vous représenter , les appointe-
ments de trois ministres ? Sans doute encore les fils
du roi, promus aux premiers grades de l'armée aussitôt qu'ils ont la force de porter de grosses épaulettes, trouvent la ration de général dont Hoche,
Kléber, Jourdan , Marceau et tant d'autres grands

capitaines ont vécu, assez grosse pour les faire vivre ?
Ils ne nous demandent point, pour se rehausser, des
escadrons de laquais et des files de carosses ? Ils
trouvent que de trop grosses poches ne vont point
à un habit militaire ? Ils ont, du reste, leurs revenus
particuliers et la dot de leur femme ; si cela ne suf-
fisait point pour leur faire mener le train d'un prince,
c'est à la tendresse de leur père et non à la muni-
ficence du peuple qu'ils s'adresseraient ? et, en effet,
est-ce notre faute, à nous, s'ils sont altesses ? — Or,
en est-il ainsi, je vous prie ?

Que se passe—t—il encore à l'intérieur ? Après
une révolution, le fer et l'acier sont plus précieux
que l'or. Sans doute, donc, ce n'est plus l'or qui fait
vos capacités ? dans votre âge de sincérité, la richesse
ne peut plus être ni un talent, ni une vertu : le titre
de Français, voilà la seule capacité électorale que
vous reconnaissiez ; et, en effet, parce qu'un maçon
se retrousse les bras tous les matins, cela empêche-
t-il qu'il n'ait de la capacité ? Et pourquoi, si l'arrondissement lui payait sa journée, ne le représen-
terait-il pas aussi bien qu'un avocat qui a la langue
enflée ?—Or, je vous le demande, depuis 14 ans que
règne votre révolution, a-t-on vu beaucoup de maçons à la Chambre ?

A l'intérieur, que voit-on encore? La presse a sans doute sa part de la liberté qu'elle a faite aux autres? Une révolution, parce que tout est tranquille, n'encloue pas son canon d'alarmes : quand le champ est ensemencé, elle ne brise point le semoir qui y a épanché le bon grain ; elle ne jette point la faucille qui a coupé les abus, parce qu'elle sait que c'est une mauvaise herbe qui repousse vite. La presse est l'amie des peuples : ce qui le prouve, c'est que les rois la persécutent. Or, si vous êtes le peuple, pourquoi la traiteriez-vous en ennemie? Pour craindre la vérité, il faut profiter du mensonge ; vous donc qui ne profitez pas du mensonge, quand la presse dit vrai, quel mal peut-elle vous faire? Si au contraire elle ment, si elle cherche à répandre des doctrines pernicieuses, la raison publique, ce juge qui ne se laisse ni égarer ni corrompre, n'est-elle point là pour en faire justice? Je suppose qu'un fou étalât des poisons dans les rues, trouverait-il le débit de sa marchandise? Ainsi donc, la presse jouit des délices de la paix ; elle est libre de faire au peuple son éducation de roi ; un mot lâché étourdiment, balle partie avant que l'œil ait été mis au canon, n'est plus un crime qu'il faut absolument juger en cour d'assises? On ne voit plus de journaux dont le cautionnement soit emporté par une seule amende; plus d'écrivains passer les mains dans une chaîne , tandis que l'assassin protégé va en carrosse à la prison qui lui est destinée? Les procès de tendance sont morts , la complicité morale n'est plus, et la condamnation de Dupoty est d'une autre époque?—Or, parlez ! est-ce bien là l'âge d'or que votre révolution a fait à la presse?..

Qu'y a-t-il encore à l'intérieur ? La garde nationale, qu'en avez-vous fait ? Comment avez-vous réorganisé votre armée ? Permettez-vous à vos soldats de se souvenir qu'ils ont un père , une mère, des frères ; qu'il sont sortis du peuple, et qu'ils doivent rentrer parmi le peuple ? L'armée, est-ce la garde nationale mobilisée, la pointe de l'épée que porte la France , ou n'est-ce qu'une garde farouche qui se précipite aveuglément sur ceux que vous lui désignez; une lame de sabre ivre qui frappe n'importe où ? Voit-on encore les soldats et le peuple en venir aux mains dans nos rues, guerre impie où , quelque parti qui triomphe, c'est toujours la France qui est vaincue, elle qui saigne par toutes les blessures que reçoivent les combattants? voit-on encore des citoyens frappés au seuil de leurs maisons, et des femmes qui tombent en couvrant de leur corps un époux ou un fils ? Quand la faim alongeant ses crocs et la cupidité sont en présence, est-ce toujours pour la cupidité que vous prenez parti ? Roulez-vous toujours aux pieds de vos chevaux ceux qui demandent du pain ? les percez-vous toujours de vos baïonnettes ? Et ceux qui ont échappé à vos soldats, les livrez-vous toujours à vos juges ? — Dites-nous *non*, et je croirai que c'est bien une révolution que vous avez faite.

A l'intérieur, qu'y a-t-il encore ? Sans doute on ne court plus risque de mourir de faim en France ? La France nourrit tous ses habitants, comme un bois nourrit tous ses oiseaux et toutes ses bêtes fauves ? Vous avez sans doute établi de grands ateliers où tous ceux qui veulent se servir de leurs bras trouvent du travail, moyennant un salaire raisonnable ? Au lieu de livrer les travaux publics à des spéculateurs avides qui font leur bénéfice des rognures enlevées au salaire de l'ouvrier, c'est vous-mêmes qui vous chargez de leur exécution ? Ce sont des ouvriers choisis par vous et bien payés qui font vos routes, vos ponts, vos canaux ? Vous avez des forges, des manufactures de drap et de toile, des tanneries ; c'est vous qui confectionnez vos armes, les habits de vos soldats, le harnachement de votre cavalerie? vous défrichez des landes, vous asssainissez des marais, vous reboisez des montagnes, vous arrosez des plateaux arides, vous exploitez des mines? Au lieu de perdre l'argent du budget à engraisser des sinécures, à faire vivre, dans une fastueuse abondance, des fonctionnaires qui ne servent pas trois fois l'année, vous l'employez à nourrir la nation qui travaille? Il n'y a plus, en France, une multitude d'ouvriers dont les uns manquent complètement d'occupation, dont les autres tirent à peine, du travail de leur journée, le morceau de pain qui empêche leur famille de mourir? L'hiver, on n'en voit plus qui soient obligés de vendre leurs hardes pour vivre? on n'en voit plus balayés, comme une ordure, de leur galetas, parce qu'ils ne peuvent en payer le loyer; plus enfin au devant desquels la charité publique soit obligée de venir? — Si cela est, oui vous avez fait une révolution! si cela n'est pas, au moins, faites donc une loi qui permette à ceux qui ont trop d'enfants de les exposer, comme en Chine, au courant des fleuves ou à la lisière des forêts. Nous n'avons, il est vrai, ni crocodiles, ni tigres; mais il se trouvera bien çà et là quelque loup qui aura pitié d'eux et les dévorera.

Qu'avez-vous fait encore à l'intérieur ? Cette révolution que vous célébrez , vous avez sans doute
noblement récompensé ceux qui l'ont faite ? Les
haillons sont des insignes , et ils ont la première
place dans vos fêtes ? Vos salons étincèlent de croix
de Juillet dont l'éclat efface celui des décorations
neuves ? Il n'est point vrai que Talleyrand , cet
homme de trahison et de fourberies , dont les per-
fidies pourraient faire dix traîtres , soit revenu à
la surface de votre Cour ? La renommée de l'austère
Dupont de l'Eure vous couvre encore de ses rayons ?
Lafayette , ce vertueux mais fatal vieillard , qui n'a
jamais su faire tourner sa popularité qu'au détri-
ment de la France , est mort dans les bras du gouvernement , et il y avait des altesses aux quatre
coins de son cercueil ? Laffitte, l'architecte de votre
trône , et sous lequel tous les autres n'ont travaillé
que comme des maçons, est descendu dans sa tombe
entouré de votre reconnaissance et de vos regrets ?
Aux soldats obscurs qui ont versé leur sang dans
votre querelle , vous avez sans doute fait une honorable existence ? Ces femmes en haillons de deuil
qui viennent s'agenouiller autour de cette longue
colonne de fer , ce ne sont point les mères et les
épouses des martyrs de vos trois journées qui prient

afin qu'on se souvienne là haut de leurs misères ?
Mais les plus braves de ceux qui ont fait votre révolution, où sont-ils que nous ne les voyons pas à
cette fête ? Ne viennent-ils point d'eux ces cris de
malédiction qui percent les dalles de vos prisons ?
Ce brillant soleil, témoin de leur triomphe, jette-
t-il seulement, pour saluer leur gloire, un rayon
à travers leurs barreaux ? Mais non ! quand on célèbre une révolution, on n'en traite point ainsi les
auteurs ! Il est impossible, tandis que vous pour-
suivez votre orgie dans la salle à manger de ce brillant édifice, que ceux qui l'ont élevé soient enfermés
dans les caves ! Si vous les aviez crus de trop à la
surface de la France, vous n'eussiez pas osé les enfermer dans leur cercueil avant qu'ils fussent morts !
Vous eussiez eu le courage de voir couler leur sang,
et vous leur eussiez publiquement fait couper la
tête ! Entre tuer et faire mourir, vous savez bien
qu'il n'y a que la différence d'un petit espace de
temps ; que faire boire de la ciguë à un condamné,
ou lui faire respirer l'air empoisonné d'un cul-de-
basse-fosse, c'est toujours à peu près la même
chose. On ne vanterait point votre générosité, si
vous n'aviez su que commuer la mort en agonie !

Quoi qu'il en soit, montrez-moi parmi vos fonc-

tionnaires un seul véritable combattant de juillet ,
et votre révolution ne sera point pour moi une
chose invraisemblable. Mais non , quand vous nous
dites que vous avez fait une révolution , vous vous
vantez ! vous n'avez fait que changer la couleur
de vos tentures , que hisser un oiseau de basse-
cour à la place d'une fleur dont l'odeur était épui-
sée ! Vous croyez que vous avez édifié , et vous
n'avez que badigeonné des décombres. Non ! encore
une fois non ! Faites-nous faire, si vous le voulez,
trois sommations par le commissaire de police, mais
nous ne nous réjouirons pas !....

C. TILLIER.

Nevers, imprimerie de C. Sionest, rue du Fer, 16.

La perte à jamais regrettable que les lettres et la démocratie viennent de faire dans la personne de Claude Tillier, a momentanément suspendu l'émission des pamphlets qui devaient composer la collection de la deuxième série de cette publication.

Toutefois, les manuscrits de l'écrivain qu'une mort prématurée a enlevé à nos affections, sont entre nos mains, et nous nous efforcerons de compléter la collection.

Les 6ᵉ et 7ᵉ pamphlets sont sous presse et seront prochainement adressés à MM les souscripteurs.

M. DE RATISBONNE,

ou

UN COMMIS=VOYAGEUR

DÉ LA

SAINTE VIERGE.

————◆————

4ᵉ et 5ᵉ Pamphlets.

Il y a quelque temps, je m'étonnais que tant
de bonnes, —qui ne sont rien moins que des mo-
dèles de vertu chrétienne, et dont les griffes n'en
sont pas d'une moins belle venue pour être souvent trempées dans l'eau bénite, — quittassent
leur rouet ou leur aiguille une demi-heure avant
le temps et couchassent leur marmot tout criant
et mal bercé pour aller flâner au sermon. Car enfin,
me disais-je, que viennent donc faire à Saint-Cyr
toutes ces coureuses d'églises ? Je les connais : ce

n'est pas l'amour de Dieu qui les pousse ; elles ne
sont point de nature à se laisser affriander par un
beau sermon : c'est comme si vous présentiez une
botte d'asperges à un âne. Tout ce qui ressort du
langage vulgaire n'est point à leur portée ; elles ont
leur langue qu'elles savent : elles n'en veulent point
apprendre d'autre. Si vous leur lisiez une page de
Bossuet, toutes ces belles paroles s'épancheraient,
sans y entrer, sur l'étroit plateau de leurs oreilles.
C'est comme si vous leur versiez à boire sur le
dessus d'un verre. Pour cet auditoire qui, dans
toutes les villes de chapitre, est à peu près le même,
un sermon c'est du mouvement et du bruit ; c'est
de grands bras d'une aune, tantôt allongés sur eux
pour les bénir, tantôt levés vers le ciel avec des
menaces et la colère d'un prophète. On les allonge
et on les élève plus ou moins, selon le pathétique
qu'on veut mettre dans son morceau. Ensuite, c'est
une voix qui parcourt agréablement et adroitement
toutes les cordes du clavier, tantôt tonnant comme
un orage pris entre deux nuages ; ici s'élançant
compacte et serrée comme un jet d'eau, là filant
déliée et menue comme un morceau de macaroni
entre deux lèvres ; une voix pleine d'antithèses, qui
épèle ici et déclame là-bas ; qui aille par chûtes

et par bonds comme un lièvre blessé; qui soit tantôt fifre, tantôt tambour-major. A ces conditions, le prédicateur aura des applaudissements ; et je parie que si M. Dufêtre s'avisait un beau jour de prêcher en latin, toute sa clientèle irait le lendemain répandre par la ville qu'il n'avait jamais si bien parlé. Combien de gens, du reste, soit en littérature, soit en administration, soit en finances, ont dû leur réputation à un certain talent qu'ils avaient de ne point se faire comprendre ! C'étaient des clous qui avaient une tête magnifique, mais qui n'avaient pas de pointe.

Puisque nous voici tombés sur ce propos, et comme vous n'êtes pas bien pressés, je suppose, qu'on vous parle de M. Ratisbonne, je vais vous raconter un de mes petits souvenirs de collége.

Je faisais ma quatrième avec un nommé Pierre Julien, grand garçon de seize ans, qui ne se souciait guère d'apprendre le latin, mais qui vivait en grand'crainte des punitions. Pierre Julien, donc, payait d'audace. C'était toujours lui qui demandait le premier à réciter sa leçon. Il se levait avec une imperturbable assurance, fermait tous les livres qui étaient autour de lui, et après avoir fait : *Oh, ah, ah, broun, ah, ah* pendant quelques mi-

nutes, il faisait au professeur une grande révérence et se remettait à sa place. « C'est, bien,
Monsieur Pierre Julien! » disait ce professeur qui
avait l'ouïe un peu dure. Et il nous le citait pour
modèle. Il est vrai que Pierre Julien n'en était pas
plus fier pour cela.

Quoi qu'il en soit, j'ai vu un sermon aux flambeaux tel que nous les donne ordinairement notre
évêque ; et ce qui m'étonne maintenant, c'est que
la foule ne se rende pas plus nombreuse à ces sortes
d'assemblées. Ce n'est pas, en effet, un spectacle
vulgaire, un spectacle de fabricien qu'un sermon du
soir ! A un tel sermon on se passerait presque de
prédicateur. Ce jour que vous voyiez tout à l'heure
se coucher autour des cimes de la cathédrale,
semble se rallumer à l'intérieur ; le banc-d'œuvre
et les colonnes se sont éclairées ; la lumière des
bougies s'enfonce dans les profondeurs de la nef
sans pouvoir en percer les derniers arceaux ; devant les tourbillons de ténèbres qu'elle chasse devant elle, les murailles reculent, et on a peur que
ces mystérieuses galeries ne finissent dans un monde
qui n'est pas le nôtre. Les masses rougeâtres de
la lumière que projettent les cierges retombent le
long des murs, et flottent comme les lambeaux

d'une sombre pourpre. Au dessus se dessinent aux
derniers rayons du jour , comme une blanche et
chaste bandelette, les ogives, les pleins-cintres et les
rosaces, avec leurs élégantes broderies. La voûte,
abandonnée de ses colonnes , se perd indécise dans
les ténèbres supérieures. Vous croiriez que ce sont
des anges qui la portent sur leurs épaules. Il n'est
point jusqu'à ce vieux prêtre accroché à un pilier
de la nef, dont les mains ridées et le crâne de
cuivre jaune planent sur la foule , qui ne produise
aussi son effet. Vous diriez un vieil évêque qui a
abandonné sa niche pour annoncer au peuple la
parole du vieil évangile.

En présence de cette grandeur si calme, si pleine
de sérénité et qui ressemble si peu aux grandeurs
des hommes , le doute qui furète partout ferme
les yeux , et l'objection garde le silence ! On se
laisserait presque démontrer que Dieu puisse ré-
sider dans cette mystérieuse enceinte. Il semble
qu'il y ait des voix qui murmurent de lui dans
cet espace ; et si l'orgue , enflant tout à coup ses
cent poumons de fer, faisait rouler son nom comme
un orage sous les voûtes de l'église , peut-être
n'en seriez vous point étonné !...

Aucun monument n'a mieux été approprié à sa

destination que nos cathédrales gothiques. Elles sont et resteront toujours le chef-d'œuvre non seulement de l'architecture religieuse, mais encore de toute architecture. Nul n'a mieux su que ces sublimes maçons du moyen-âge dompter la pierre et lui faire parler leur langage. Eux seuls ont pu prendre le rocher sur sa base et lui dire : « Tu resteras là à prier devant l'image du Christ, jusqu'à la consommation des siècles, pour nous et pour tous nos frères ! » Mais si la poésie chrétienne était avec eux, c'est qu'ils avaient la foi. La foi s'en est allée et la muse l'a suivie !

Aujourd'hui, l'art de construire des églises est perdu. Quelle inspiration religieuse pouvez-vous attendre, en effet, d'un architecte qui va par bienséance à la petite-messe ; de maçons qui chantent Béranger et de goujats qui savent lire ? J'ai vu dernièrement un employé à la grande voirie préposé aux réparations à faire à l'église de Clamecy que M. Dupin a fait passer basilique. De combien de sculptures charmantes n'ai-je pas déploré la mutilation, et combien n'ai-je point regretté qu'on eût mis ces travaux entre les mains d'un homme aussi habitué à faire casser des pierres !

Toutefois, revenons à M. de Ratisbonne. Ce n'était

point des impressions poétiques que j'allais chercher à l'église ; j'y allais tout trivialement — tout
bêtement, disons le mot, — suivant la foule comme
un âne qu'on mène par son licou , pour entendre
M. de Ratisbonne. C'est que M. de Ratisbonne n'est
pas un piètre personnage ! M. de Ratisbonne est
premier prédicateur de la sainte Vierge. Il était venu
de Paris dans une bonne berline pour nous prêcher
l'adoration du Sacré Cœur de Marie avec les sept
épées dont il est percé, et pour nous vendre l'archi-
médaille. M. de Ratisbonne avait eu les honneurs
de l'affiche religieuse ; son nom avait été placardé
pendant huit jours sur les piliers de la cathédrale.
C'était non seulement un juif mais même un banquier converti. On répandait sourdement dans le
public qu'il avait eu l'honneur de voir la sainte
Vierge. Enfin , M. Dufêtre comptait sur lui pour
réparer les torts de sainte Flavie et redonner de
la vogue à son spectacle. On avait déjà une gué-
rison miraculeuse assurée , et on négociait une
conversion. Or , pourquoi donc ne serais-je point
allé voir M. de Ratisbonne ? Un banquier converti
à la charité chrétienne !... De ma vie , peut-être ,
je n'aurais retrouvé l'occasion de revoir pareille
chose !....

Il est vrai que, cette fois encore, je m'étais laissé duper par le charlatanisme de l'enseigne. Nonobstant tous les éléments de curiosité qui sont en lui, les attractions de toute espèce qui émanent de sa personne, tout l'appareil dont il s'entoure, M. de Ratisbonne n'est toujours qu'un pauvre sire. Pauvre homme, qui se croit grosse cloche et qui n'est pas même sonnette ! Si je ne craignais de me mettre mal avec les vieilles femmes et les jeunes filles de la congrégation, je le comparerais à un gros zéro qui se fait rouler triomphalement par la France. Je n'ai entendu M. de Ratisbonne qu'une fois ; mais est-il besoin, pour savoir s'il y a du bon ou du mauvais vin dans une bouteille, de s'en verser un second verre ? Je tiens, soutiens et maintiens que l'homme que j'ai entendu parler est un individu d'une intelligence obtuse, plus apte à sonner un sermon qu'à le prêcher. Si M. Dufêtre n'eût voulu que faire donner à ses ouailles quelques instructions sur la sainte Vierge, le moindre de ses desservants eût mieux convenu que M. de Ratisbonne, et le jeune abbé eût accepté avec reconnaissance cette heureuse corvée. Du reste, je soutiens et je maintiens encore qu'on trouverait difficilement, dans le diocèse, un prédicateur plus mauvais que M. de Ratisbonne.

Je ne fais point autorité dans aucune matière ; toutefois, je dis surtout mon avis.

D'abord , parce que son style n'est qu'un insipide commérage de confessionnal ; qu'une portière un peu remémorieuse pourrait, d'un bout à l'autre, reproduire son sermon ; que c'est un épouvantable fouillis de phrases sans suite qui ne se parlent ni ne se répondent les unes les autres ; que tout y traîne, et qu'à la vérité rien ne mérite d'y être mis en place ; que cela vous fait l'effet d'un galetas.

Il y a des prédicateurs qui prêchent mal sans être complètement ennuyeux; vous êtes frappé, en les écoutant, ici d'un trait d'esprit qu'ils n'ont point cherché, là d'un éclair d'imagination que vous seul goûtez, plus loin d'une observation fine, d'un bon et sage conseil dont vous pouvez faire votre profit ; mais, chez M. de Ratisbonne, c'est la nuit, le froid, le brouillard, un soleil qui n'est ni levé, ni couché, des cendres éteintes , une allumette chimique qui n'est point soufflée. M. de Ratisbonne est un chameau qui vous fait traverser son désert toujours dans les mêmes sables, du même pas et sur la même bosse. Tout ce qu'il sait dire, c'est : *Il faut aimer Marie.* Il ne sort pas de là ; il vous rabâche cela trois fois par jour, chaque séance étant d'une heure,

et encore il a le front de vous dire qu'il ne saurait
trop répéter d'aimer Marie. Son sermon est comme
ces chansons qui n'ont que le refrain, de sorte qu'il
le fait durer tant qu'il veut. Si vous étiez un peu
gastronome, et que vous voulussiez vous faire une
idée de l'effet que produisent les sermons de M. de
Ratisbonne, mangez un plat de concombres avec du
pain sans levain, avalez quelques pintes d'eau bénite, et tâchez d'avoir pour convive M. Lapaulme.

Et, puisque nous voilà tombés sur un propos gas-
tronomique, un mot de gastronomie, s'il vous plaît !
Ésope disait que la langue était le meilleur et le
pire de tous les mets. Je me doutais bien que la
langue de M. de Ratisbonne, à quelque cuisinier
qu'elle eût affaire, aurait bien de la peine à être
rangée dans la première catégorie; je voulus en
avoir le cœur net, et je consultai à ce sujet deux
artistes de mes amis. L'un d'eux prétendait qu'au
cas où, par des circonstances imprévues, une épouvantable catastrophe amènerait la langue de M. de
Ratisbonne dans une casserole, elle pourrait être
encore bonne, si on la lardait menu pour la graisser;
qu'on la fît mariner trois semaines dans l'huile d'o-
live pour la rendre moins sèche et moins coriace, et
la servir avec une forte rémoulade pour lui commu-

niquer un peu de goût. L'autre voulait qu'on mît ladite langue dans un pâté avec une demi-douzaine de perdrix truffées, sans plus de cérémonie, et qu'on servît.

Voilà pourquoi M. de Ratisbonne prêche plus mal que tous les prêtres que j'ai entendus ; maintenant, pourquoi prêche-t-il plus stupidement ? C'est que son sermon n'a ni commencement ni fin ; c'est que de cette montagne de paroles vous ne sauriez tirer une bonne pensée ; il est toujours à côté du bon sens et de la raison : on dirait qu'il cherche l'absurde. Il n'y a qu'une manière de le réfuter ; c'est de lui répondre : « Vous ne savez ce que vous dites. » C'est un de ces prêtres étroits qui non seulement ne peuvent admettre le vrai, mais produisent le faux. Vous diriez un ciel qui fait des ténèbres. Je vais vous analyser le sermon de M. de Ratisbonne, dans toutes les parties qu'il a d'analysables, et vous verrez que je n'ai pas tort.

M. de Ratisbonne nous recommande d'aimer Marie : c'est le commencement, le milieu et la fin de son sermon. C'est très-bien, monsieur de Ratisbonne ! vous êtes un homme d'un conseil excellent ! Je voudrais, moi, de tout mon cœur, aimer Marie : si cela ne pouvait me faire du bien, cela ne pourrait toujours me faire aucun mal ; mais, comment donc faut-il s'y prendre pour cela ? Vous même, puisque vous êtes un Juif converti, vous n'avez pas toujours aimé Marie : dites-nous donc de quel procédé vous vous êtes servi pour arriver à ce résultat. Vous vous êtes agenouillé devant une madone, et vous vous êtes écrié : « Marie, reine des cieux, tour « d'ivoire, étoile de la mer, je vous aime de tout « mon cœur ! » Mais, vous mentiez ; vous auriez pu rester dans cette position jusqu'à vous donner des vertiges, votre amour pour Marie n'en fût pas avancé d'un point : cela n'eût servi qu'à vous faire mal à la tête.

Il n'y a qu'un visionnaire qui puisse aimer un être idéal, une abstraction, parce que cet être idéal, il le voit devant ses yeux ; mais vous, vous n'êtes point visionnaire : celui qui est visionnaire, c'est monsieur votre frère. Ne savez-vous donc point que l'amour réside dans les nerfs comme la haine ? L'un ou l'autre résulte des impressions agréables ou désagréables que vous fait éprouver un objet ; or, ces impressions, est-ce moi qui les crée ? ai-je la faculté de les changer en route ? l'homme est-il donc le maître dans sa pauvre maison ? suis-je libre de trouver la cerise plus douce que l'abricot ? Si je pouvais , à chaque instant, me créer des sensations agréables , ne serais-je pas le maître de mon bonheur ? Alors , à quoi servent donc les vingt-sept sermons de M. de Ratisbonne ?

Vous voulez que nous aimions Marie, cette mère céleste, plus que toute chose, plus même que notre véritable mère !... Mais, pouvons-nous donc, à force d'abstractions , nous figurer que c'est Marie qui nous a portés dans son sein, Marie qui nous a nourris de ses mamelles?... Ma mère est à côté de mon fauteuil de malade ; elle est sourde , la pauvre femme, et nous ne pouvons guères nous faire entendre ; mais elle est là qui m'enveloppe de tous ses regards, qui cherche à deviner dans mes yeux ce que je désire, et dans le moindre pli de mon front ce qui me déplaît ; elle a quitté l'autre moitié de sa famille, celle qui n'a pas besoin d'elle , pour prendre sa part de mon agonie. Les soins qu'elle avait donnés à mon enfance, elle les prodigue à ma précoce vieillesse. Elle a déjà vu mourir un fils, et elle vient encore me prêter l'appui de son bras pour me faire descendre plus doucement les pentes de la vie... Et quand j'ai à aimer une pareille mère, on voudrait que j'allasse porter mes adorations à une mère dont mes sens ne me rendent pas compte !...

Pauvre mère ! de quelle lourde main Dieu vous
a-t-il donc mesuré les larmes qu'il a mises sous
votre paupière !.. Dieu ne serait-il donc point juste
envers les mères ? Un fils ne peut enterrer qu'une
fois sa mère ; mais une mère, de combien de fils
souvent ne porte-t-elle pas le deuil !.. Suis-je au
moins le dernier enfant qu'elle enterrera ? lui en
restera-t-il un dernier pour lui fermer les yeux et
mêler à nos os ses chères dépouilles ? est-elle destinée à emporter la clé de notre chétive maison ?...

O combien je suis moins à plaindre qu'elle !.. Je
meurs quelques jours avant ceux de ma génération ;
mais je meurs dans cet âge où finit la jeunesse, et
après lequel la vie n'est plus qu'une longue déca-
dence. Je rendrai à Dieu mes facultés telles qu'il
me les a données : mon imagination vole toujours
d'un vol libre dans l'espace, et le temps n'a point
blanchi les plumes de son aile. Je n'ai perdu que
quelques-uns de ceux que j'aimais, et quand je vais,
à la Toussaint, visiter le cimetière où dorment nos
pauvres ancêtres, à peine trouvé-je dans le gazon
quelques débris de noms qui me sont chers. Je suis
semblable à l'arbre qu'on coupe ayant encore des
fruits entre le tronc dont il est poussé et les jeunes
rejetons qui poussent. Belle et pâle automne ! tu

ne m'as point vu , cette année , dans tes chemins
bordés d'herbes flétries ; je n'ai vu ton doux soleil
et je n'ai senti tes brises parfumées que de ma fenêtre ; mais nous nous en irons ensemble ! Je veux
mourir avec la dernière feuille des peupliers, avec
la dernière fleur de la prairie, avec le dernier chant
des oiseaux , enfin avec tout ce qui est doux , avec
tout ce qui est beau dans l'année. Il faut que ce soit
la première bise qui me dise : *Il faut partir !*...
Ne vaut-il pas mieux mourir à temps que de vieil-
lir?...

Mais, de quoi parlé-je ? Je fais comme le voyageur qui attache sa monture au bord du chemin et
va s'égarer dans une pittoresque et fraîche vallée.
A nous deux , monsieur de Ratisbonne !... Vous
dites que Marie est notre mère.... Bien des remer-
cîments , monsieur de Ratisbonne ! nous sommes
enchantés d'être si près parents de la Vierge ; mais,
comment Marie est-elle notre mère, s'il vous plaît?
Au moins, faites-nous bien comprendre la chose.
Rien de plus simple, dit M. de Ratisbonne ; puisque Marie est la mère de Dieu qui est notre père ,
ne sommes-nous point ses enfants ?.. En tout cas,
monsieur de Ratisbonne, Marie ne serait que notre
grand'mère ; mais, qui vous a dit qu'elle fût la mère

de Dieu ? qui vous a permis de bâtir votre système
de confrérie sur une équivoque ? Et la Vierge n'est-
elle pas une trop honnête personne pour profiter
de votre mensonge ? Ignoreriez-vous encore que
nous appelons Marie *la mère de Dieu,* parce que
notre pauvre langage ne nous fournit point d'ex-
pressions meilleures pour exprimer les liens qui
l'attachent à Jésus-Christ ? Chez les païens, une
simple mortelle pouvait être la mère d'un dieu ;
mais, chez eux, les dieux n'étaient pas éternels.
On nous représente Marie comme une jeune femme
de 22 à 25 ans, et fort jolie ; or, comment peut-elle
être la mère d'un dieu vieux de plusieurs millions
d'années et autant, et toujours autant ? Le fils peut-
il donc exister avant la mère, et la créature peut-
elle engendrer le créateur ?... Dieu voulait que son
fils vécût complètement de la vie humaine ; il a
choisi Marie pour le porter neuf mois dans son sein
comme les enfants des autres hommes ; elle a été
la dépositaire du divin enfant ; elle l'a porté entre
ses flancs comme les lévites portaient l'arche sainte
sur leur bras ; c'est dans son sein que s'est accompli le mystère de la rédemption ; mais, toujours
est-il que, si elle est beaucoup plus que la nourrice
de Jésus-Christ, elle n'est point sa mère : le Christ

lui-même semblait ne la regarder que comme une simple femme. On ne voit nulle part qu'elle ait eu la moindre influence sur ses actions. Il semble, dans l'Évangile, moins attaché à elle qu'à ses disciples ; et quand elle vient le quérir au temple où, encore enfant, il terrassait les docteurs de la loi par la force de ses raisonnements, pour l'emmener à Bethléem, il lui répond fort sèchement : « Femme, qu'y a-t-il de commun entre vous et moi ? »

Rétablissons un peu les faits que notre banquier converti a un peu dérangés. Si Jésus-Christ a donné à Marie un trône à côté du sien, ce n'est point qu'il la tînt pour sa mère : il n'a pas voulu payer ainsi les soins qu'elle a pris de son premier âge. Ce n'est point un salaire qu'il lui offre, une balance de compte qu'il établit avec elle : les services personnels rendus ne se récompensent point comme les belles actions et les actes de vertu. Si Jésus-Christ eût voulu dédommager la sainte Vierge des durs labeurs de la maternité qu'elle avait endurés pour lui, il l'eût fait tandis qu'elle était sur la terre, et avec des récompenses terrestres. La sainte Vierge occupe l'endroit le plus rayonnant du ciel, parce qu'elle a été sainte entre toutes les saintes femmes ; parce qu'elle a donné aux chrétiens encore chancelants dans la foi, le modèle de toutes les vertus chrétiennes ; et je ne crains pas de le dire, si la sainte Vierge, après la mort de Jésus-Christ, fût tombée dans les impiétés de son siècle, si elle eût repris la religion des Juifs, par exemple, elle eût été damnée comme tout autre pécheur ! Ce n'est donc point comme mère de Dieu que la sainte Vierge est quelque chose ; il ne faut point la recommander sous ce titre aux adorations de vos ouailles : à force de leur dire que la sainte Vierge est toute-puissante, que Dieu ne lui refuse rien, vous leur ferez croire qu'elle est égale à Dieu. Interrogez vos vierges : je parie qu'il n'y en a pas dix sur cent qui comprennent que la sainte Vierge n'est qu'une simple mortelle et ne l'adorent comme un être divin ; or, cela, ce n'est rien moins que de l'idolâtrie. Pour moi, je ne vois point que je doive à la sainte Vierge plus d'hommages qu'à saint Joseph qui était aussi un des familiers de Dieu, et nourrissait le divin enfant de sa sœur, tandis que sa femme le nourrissait de son lait. Je l'aime, ce bon saint, à cause du peu d'embarras qu'il fait dans le ciel.

Toujours est-il que la sainte Vierge est notre mère : M. de Ratisbonne ne veut point en départir. Il a, pour vous le prouver, toutes sortes d'argu-

ments dont voici les principaux : Marie porte un
véritable cœur de mère ; elle aimait son fils d'un
amour incommensurable ; elle a souffert tout ce
qu'un cœur de mère peut souffrir. Voici pourquoi
Marie est notre mère !.. En vérité, il faut être un
petit théologien comme moi, ayant peu d'occasions
de discuter, pour réfuter ce raisonnement. Ces énor-
mités passent sans peine auprès d'un auditoire su-
perstitieux toujours en crainte de se damner, et
n'osant, à cause de cela, éplucher le moindre ar-
gument religieux ; mais, appliquons à une chose
vulgaire la logique de M. de Ratisbonne : nous ver-
rons ce qu'il en résultera. Il y a, à la ménagerie
royale, une superbe lionne. Elle porte, elle aussi,
un vrai cœur de mère ; elle avait un lionceau qu'elle
aimait d'un amour incommensurable, car personne
n'a essayé de le mesurer. Ce lionceau est mort, et
elle a ressenti beaucoup de chagrin de sa perte ; donc
cette lionne est la mère de tous les lions de l'univers !... Quant à ses prémisses, bien certainement
M. de Ratisbonne les croyait inattaquables. Qui
pourrait nier que Marie ait aimé son fils d'un amour
incommensurable ? Je ne le nie point, en effet ; mais
je serais bien aise que vous me le prouvassiez. Nous
ne connaissons Marie que par l'Évangile : les apô-

tres seuls nous ont fait sa biographie ; or, rien n'indique, dans leur chronique, que la sainte Vierge
portât un amour incommensurable à son fils ; aucun
passage de l'Évangile n'établit entr'eux ces rapports intimes et même cette affectueuse liberté qui
règnent dans une famille. Nous ne la voyons point
suivre le Christ dans ses pérégrinations, ni le Christ
lui faire visite à sa petite maison de Bethléem ; elle
n'est mêlée à aucun événement de la vie du réfor-
mateur ; ils ne paraissent ensemble en public qu'aux
noces de Cana, et même, ce qui se passe alors n'indique pas entr'eux une intimité bien parfaite : il ne
lui donne encore que le titre de femme ; il ne répond point à la question qu'elle lui adresse, et là,
comme au temple, elle éprouve une rebufade. Il
n'est point question d'elle dans la longue agonie de
Jésus-Christ ; le danger que court son fils ne la
rapproche point de lui. La lionne, elle, se ferait
tuer à l'entrée de sa caverne en défendant son lionceau : Marie, elle, ne fait rien pour sauver Jésus-
Christ ; elle ne cherche point à attendrir par ses
larmes une multitude aveuglée ; elle ne va point,
elle si puissante par sa grace et par ses charmes, se
jeter aux pieds de Pilate, et le conjurer de ne pas
donner à boire, à des hommes égarés, le sang de

l'innocent et du juste : elle se tient immobile dans son indicible douleur.

Pauvre mère de Dieu ! vous avez fait une triste conquête en la personne de ce Juif !.. Voyez un peu à quelle hideuse analyse il vous expose !.. Et encore, non content de vous persécuter de ses niaises et vieilles adorations , il ameute contre vous, dans son archi-confrérie, tous les faussets des filles et des femmes qu'il peut raccoler. Il prêche l'établissement d'une association de prières en votre honneur, et, de son autorité privée, il y attache toutes sortes de priviléges !... En vérité, s'il y avait place dans votre cœur à une huitième épée, il l'y enfoncerait. Vous êtes, entre les mains de ces gens-là , comme cet ambassadeur anglais que les Chinois faillirent faire crever d'insomnie en l'adorant avec leurs tam-tams , et qui ne leur échappa qu'avec une surdité incurable. Un baudet ayant pris sa maîtresse en affection, venait tous les matins sous ses fenêtres lui donner une sérénade, et, non content de cela, il y envoyait tour à tour les autres ânes du village : c'est ainsi que se conduit à votre égard M. de Ratisbonne.

Mais, ce M. de Ratisbonne a-t-il bien toute sa judiciaire ? Une association de prières !.. comment une pareille idée a-t-elle pu passer dans le cerveau d'un chrétien !... Deux hommes s'associent pour faire ensemble ce qu'un seul ne saurait faire ; mais, petite fille ou vieille femme, cul-de-jatte ou manchot, qui donc n'est assez fort pour dire une prière à la sainte Vierge ? Un *ave Maria*, est-ce donc un quartier de roc à soulever ? faut-il pour cela avoir un mètre d'une épaule à l'autre et une taille de cinq pieds dix pouces ? ma prière aura-t-elle plus de mérite si je la fais à l'église, à côté d'une jolie voisine, ou dans le sience de mon atelier, agenouillé sur une des chaises mercenaires de la fabrique ou accoudé sur le dossier de mon vieux fauteuil rouge ? la *Salutation angélique* doit-elle être une pétition de confrérie ? les prières isolées ne sont-elles que du petit plomb qui ne peut atteindre un but lointain, et pour qu'elles arrivent à leur destination, faut-il les fondre ensemble et en faire une chevrotine ?... Mais, vous, M. de Ratisbonne, ancien banquier, et qui étiez bien meilleur banquier assurément que vous n'êtes prédicateur ; vous, plus habitué à manier des chiffres que des syllogismes, vous savez ce que c'est qu'une association : une association doit promettre un avantage quelconque aux sociétaires ; or, votre association, quel avantage

nous promet-elle ? Supposons qu'au bout de l'année
l'association ait produit un certain dividende de
grâces, tous les membres de l'association, ayant
également prié pendant l'année, ces grâces devront
se partager entr'eux par portions égales : chacun
n'aura donc, en admettant que les parts soient équi-
tablement faites, que ce qu'il aura gagné personnel-
lement. Mais alors, pourquoi s'associer ? La propo-
sition de M. de Ratisbonne revient à celle-ci : « Mettez chacun cinq francs dans une tirelire, et parta-
gez-vous la somme au bout de l'année. » Assurément, ce bon abbé doit descendre très directement
de M. de Lapalisse. M. de Ratisbonne dira-t-il que
ceux qui ont peu prié ou point prié recevront autant
que ceux qui ont prié beaucoup ; que les prières
faites par ces derniers au-delà de leur compte seront
reportées au compte des tièdes et des fainéants ?
Mais alors, qu'est-ce donc que la justice divine ?
Pourquoi ne chargerais-je pas mon domestique de
faire tous les matins ma prière, et ne l'enverrais-je
pas pour moi à la messe et à confesse ? Pour moi, je
n'entrerai point dans l'association de M. de Ratisbonne : j'aurais trop peur que mes prières fussent
perdues. Quand les graces accordées par Dieu seront
arrivées au bureau de la société, qui me dit que ces

messieurs de l'état-major ne mettront point de côté,
pour eux et leurs créatures, les meilleures et les
plus belles, et ne nous laisseront, à nous simples
fervents, que le fond du sac, des grâces insignifiantes,
comme, par exemple, de ne point verser quand on
va en voyage, ou, quand on achète un melon, de
mettre la main à côté des mauvais ? Et, au fait, est-
ce que je connais M. de Ratisbonne ? Je n'ai entendu M. de Ratisbonne qu'une heure ; mais, je
le maintiens, il est impossible que l'homme que j'ai
entendu ne soit pas un pauvre hère, un moine su-
perstitieux, incapable de faire autre chose que de
prier, si prier c'est faire quelque chose, et je ne
m'étonnerais nullement qu'un homme de cet acabit
eût vu la sainte Vierge ; mais ce n'est point lui qui
a eu cet avantage : c'est son frère. M. de Ratisbonne nous a prêché, avec *la permission* de l'é-
vêque, comme le charlatan avec la permisssion des
autorités constituées, cette légende pendant une
demi-heure. C'est un moyen de propagande tout
comme un autre. Elle mérite, du reste de vous être
racontée.

Approchez-vous, honorable assistance.... Or,
le frère de M. de Ratisbonne, jeune homme de très
bonne famille, à ce que dit le même M. de Ratis-

bonne, avait eu le malheur d'être élevé par l'Université, et n'avait reçu d'elle qu'une éducation religieuse très imparfaite. Voici encore un blâme qui prouve la justesse d'esprit de M. de Ratisbonne le prédicateur. Était-il permis à l'Université d'instruire de la religion chrétienne un enfant circoncis, et, d'un autre côté, pouvait-elle le fortifier dans la religion juive? a-t-elle des rabbins dans ses colléges? Peut-être M. de Ratisbonne reproche-t-il à l'Université de ne point faire un cours spécial de religion à l'usage de ceux qui se destinent à voir la Vierge. Quoi qu'il en soit, le frère de M. de Ratisbonne, en sortant du collége, ne croyait guère plus à sa religion qu'à celle des autres. Il eût allumé son cigarre aussi bien avec un feuillet de la Bible qu'avec l'Alcoran, et je vous assure que si son chapeau fût tombé dans un fossé le jour du sabbat, il ne se fût pas fait le moindre scrupule de l'en tirer. Il ne se sentait, du reste, aucun penchant pour les économies ni l'usure, et il menait une vie assez dissipée, aimant mieux manger son argent que de mettre à côté celui des autres ; c'était, en un mot, un très-bon Juif, et qui n'avait rien fait pour s'attirer une conversion. Il avait été fiancé à une jeune personne charmante, mais trop jeune encore pour être mise à la disposition d'un mari. Pendant donc que sa fiancée vieillissait, il était allé, sans défiance, faire un tour à Rome, la terre classique des conversions miraculeuses, le magasin des saints de la chrétienté. Un jour, le frère de M. de Ratisbonne courait, avec un de ses amis, les rues de Rome en cabriolet, passant devant les madones sans les saluer. Son ami avait besoin dans un quartier prochain ; il aima mieux l'attendre que de le suivre. La fantaisie le prit d'entrer dans une église. — A Paris, l'on flâne devant les boutiques ; à Rome, on flâne sous les voûtes des temples. — Il se trouva devant un autel délâbré, en face d'une madone assez mal accoutrée. Il se mit à contempler la madone. Il lui semblait qu'il y avait quelque chose de mystérieux dans cette image. Tout-à-coup la statue se mit à rayonner, et le frère de M. de Ratisbonne tomba à terre ; mais il eût soin de ne se faire aucun mal ; alors, la statue vint à lui, le toucha au front, et, par l'attraction toute-puissante de son doigt, elle le remit sur ses pieds. Quand il fut tout-à-fait revenu à lui, il courrut chez le curé de la paroisse et lui raconta ce qui venait de lui arriver. Le curé ne demandait pas mieux que de le croire : il n'eût pour beaucoup cédé son Juif à la paroisse voisine ; mais c'était un

homme qui connaissait les formalités. Il ne voulait
point que quelque malencontreux critique vînt lui
enlever son miracle : il exigea que le frère de M. de
Ratisbonne déclarât, devant quatre témoins dignes
de foi, qu'il avait vu la Vierge dans son église ;
qu'elle lui avait même fait l'honneur de le toucher
du doigt, et qu'il était dans l'intention de se convertir. Puis, le lendemain, il se mit à prêcher,
comme un moine, sur la conversion miraculeuse
d'un jeune Juif auquel la sainte Vierge de sa paroisse était apparue. Pour le frère de M. de Ratisbonne, il ne pouvait faire autrement que de se convertir : quand on a vu la sainte Vierge, il faut
nécessairement en passer par-là. C'est donc ce qu'il
fit. Il ne se donna que le temps d'apprendre son
catéchisme. Aussitôt qu'il se crut suffisamment dé-
juivé, il alla raconter à son frère, le Ratisbonne de
notre pamphlet, le miracle de sa conversion ; il lui
déclara en même temps que son mariage était rom-
pu, lui remit un portrait et une tresse de cheveux
qu'il tenait de sa fiancée, et alla se jeter, encore tout
mouillé de son baptême, dans un couvent. M. de
Ratisbonne n'a pas jugé à propos de nous dire
quelle influence la vision mystérieuse de son frère
avait eue sur sa propre conversion ; mais, toujours

est-il qu'il était Juif, et que maintenant le voilà
prêtre, hélas ! et prédicateur. Pour moi, à la place
de M. de Ratisbonne, non-seulement je ne me serais
converti ni de ma religion, ni de ma profession ;
mais, en qualité de son aîné, voici ce que j'aurais
dit à mon frère : « Vous prétendez, monsieur, que
la sainte Vierge vous est apparue... mais, êtes-vous
bien sûr, monsieur, de n'avoir pas été le jouet d'une
hallucination, peut-être d'un phénomène de lumière ? pourriez-vous affirmer même que vous
n'ayiez pas eu une attaque légère de catalepsie ?
Seriez-vous le seul qui eussiez cru voir des objets
qui n'existaient point, et les Ratisbonne ont-ils la
tête assez solide pour que vous puissiez répondre de
la vôtre ? Un grand nombre de saints et de vertueux personnages, vieillis par le jeûne et la prière,
ont demandé des miracles et n'en ont point obtenu ;
qui êtes-vous donc, vous, buveur de champagne,
faiseur d'entrechats, pour qu'il se fasse un miracle
en votre faveur ? Puisque vous avez vu la sainte
Vierge, pourquoi ne lui avez-vous pas adressé un
de ces beaux compliments que vous savez si bien
débiter ? pourquoi ne lui avez-vous point parlé, ne
lui avez-vous point demandé ce qu'elle vous voulait ? Qui vous dit, en admettant qu'il y ait eu appa-

rition de sa part , qué c'est pour vous convertir qu'elle vous est apparue ? qui vous dit surtout qu'elle exige que vous vous ensevelissiez dans un couvent ; qu'elle se plaise à faire de vous, destiné à être un homme utile et occupé, à avoir une famille, un établissement , des ouvriers à faire travailler et vivre des restes de votre table , un stérile et indolent penaillon ? Au lieu d'un converti, n'êtes-vous qu'un prisonnier qu'elle a fait et qu'elle enchaîne de peur qu'il ne s'échappe ? Vous voulez rompre un mariage longtemps projeté, et qui devait faire la joie de deux familles ; vous allez manquer à votre parole d'honnête homme, à des engagements inprescriptibles auxquels la cérémonie des fiançailles a déjà imprimé un caractère de sainteté ; vous allez briser le cœur d'une jeune fille qui vous regarde déjà comme son époux ; vous allez emplir ses yeux de larmes qui ne se tariront point, couvrir sa vie d'un nuage qu'aucun rayon ne percera plus : peut-être, quand vous serez à l'autel, à adorer Marie, blasphèmera-t-elle, elle, le nom de cette sainte féroce qui arrache sans miséricorde l'amant à sa fiancée ; et c'est vous qui en serez cause. Voilà le premier acte de votre vie de chrétien , et vous voulez que je croie que c'est la mère de votre Dieu

qui vous inspire de tels actes !... Votre retraite dans
un couvent est-elle donc la conséquence nécessaire
de votre conversion ? n'y a-t-il point des saints qui
ont fait leur salut dans le mariage, en soignant leur
pot-au-feu ? Et comment donc une femme vertueuse
pourrait-elle détourner son mari de la pratique de
la vertu ? Se damne-t-on en conduisant sa femme à
la messe ? Et quand bien même encore votre femme
ne serait pas aussi religieuse que vous le désireriez,
est-ce à dire, parce qu'il a un lâche pour camarade
de lit, qu'un soldat ne soit point brave ?... Je sais
bien qu'il est plus facile de prier et de jeûner dans
un cloître que dans une fabrique ; mais quel terrible
égoïsme est-ce donc que la passion du paradis ?
Quand ces féroces croient voir le paradis devant
eux, il n'est ni engagements, ni devoirs à remplir,
ni femmes qu'ils laissent veuves, ni enfants qu'ils
laissent orphelins, ni vieux parents qu'il abandon-
nent à la charité publique qui les arrêtent : ils sacri-
fient à leur éternité de bonheur tout ce qui les entoure ; ils vont sans regarder autour d'eux, et s'ils
ne pouvaient monter au ciel qu'à la condition que
leur dernière empreinte réduirait la terre en cendres,
ils y consentiraient sans le moindre remords. Mais,
faites-y attention ; ces gens-là, qui veulent arriver

par un chemin trop facile, restent dans l'espace !...
Dieu nous a imposé à chacun des devoirs d'un certain ordre et d'une certaine nature : ce n'est qu'en les accomplissant qu'on peut trouver grace devant lui. S'il vous a donné une épée à faire, et que vous lui rapportiez une aumusse, il vous chasse comme un mauvais serviteur ; si, avec votre épée, par exemple, vous lui apportez une charrue, il ne vous en accueille que mieux. Vous prétendez que la Vierge vous a ordonné d'être moine !.. mais, d'où viendrait donc cette prédilection de la sainte Vierge pour les religieuses et les moines ? La sainte Vierge n'est pas folle : ce que vous comprenez, vous admettez bien qu'elle doive le comprendre ; or, vous comprenez bien, vous, que pour que Dieu soit encensé, il faut des hommes qui tiennent l'encensoir, et que pour qu'il y ait des hommes, il faut que les jeunes gens épousent les jeunes filles. Si tout le monde ou beaucoup de monde arrivait à cette prétendue perfection recommandée par la sainte Vierge, la vie s'éteindrait peu à peu, et Dieu n'aurait plus d'adorateurs sur la terre. Telles, cependant, ne sont point ses intentions : il semble, au contraire, avoir pourvu avec le plus grand soin à ce que cet accident n'arrive point. Depuis la mousse, qui n'est qu'un

duvet, jusqu'à l'arbre gigantesque qui boit dans les nues ; depuis l'insecte auquel une feuille sert de monde, jusqu'aux monstres de la terre et des mers, il a donné d'infaillibles moyens de reproduction ; et ces moyens sont si multipliés, qu'au bout de cent ans, si on la laissait faire, une seule tige d'herbe, un pavot, par exemple, couvrirait de ses rejetons toute la surface du globe. Du reste, qui vous presse donc tant de vous convertir ? avez-vous peur que le diable vous arrête dans la rue ? ne sera-t-il pas temps d'entrer au couvent aussi bien demain qu'aujourd'hui ? se rive-t-on, sans l'essayer, une chaîne qu'on doit porter toute sa vie ? Si la sainte Vierge veut véritablement votre conversion, elle se donnera la peine de vous apparaître une seconde fois. Si elle vous ordonne d'abandonner votre fiancée, répondez-lui que vous n'avez point d'ordre à recevoir d'elle, et que Dieu ne saurait vous donner un tel ordre ; mariez-vous le lendemain ; vivez en chrétien si vous le voulez ; en tous cas, faites aux hommes, vos frères, tout le bien que vous pourrez leur faire, et souciez-vous du reste : si vous n'allez dans le paradis des chrétiens, vous irez dans le paradis des honnêtes gens. »

Mais, M. de Ratisbonne qui prêche trois fois par

jour pendant neuf jours, en l'honneur de Marie,
doit avoir plus d'une légende dans son sac. Il nous
a bien raconté celle de l'archi-médaille qui a bien
aussi son mérite. La sainte Vierge serait, d'après
M. de Ratisbonne, comme ces petites maîtresses
capricieuses qui ont des diamants plein leurs écrins
et qui tourmentent encore leur mari pour leur en
acheter de nouveaux : elle a des médailles de toutes
sortes, de toutes valeurs ; elle en a plus que tous les
éléphants de Lahore n'en pourraient porter ; cependant, il lui en faut sans cesse de nouvelles. Elle sait
les modes. Depuis mil huit cent trente, il lui a pris
fantaisie d'avoir une médaille où elle fût représentée
en habit de patriarche. Ceci, au premier abord, sem-
blerait indiquer qu'en fait de toilette elle a peu de
goût. Mais, dit M. de Ratisbonne, elle est la reine
des patriarches : il n'est pas étonnant qu'elle tienne
à en porter le costume. Il fallait aussi que ses deux
mains, pendantes vers la terre, rayonnassent de lumière, et qu'il en ruisselât toutes sortes de biens.
Puisque telles étaient ses intentions, elle devait na-
turellement apparaître à quelques-uns de nos habiles dessinateurs, ou, pour plus d'exactitude, se
faire daguerréotyper par M. Villeneuve, qui ne lui
eût demandé que quinze francs, et se fût peut-être

converti par dessus le marché. Au lieu de cela, elle
s'avise d'apparaître à une jeune novice qui récitait
son chapelet dans l'église de Saint-Vincent-de-Paule,
et lui ordonne d'aller transmettre ses volontés à sa
supérieure, qui les transmettrait à l'évêque, lequel
évêque les transmettrait au pape. La nonne s'aquitta
fidèlement de sa commission. La vieille abbesse ne
voulut point ajouter foi à ses paroles. — Vous men-
tez, mademoiselle, lui dit-elle. Fi ! que c'est vilain
de mentir à votre âge ! — Chère mère, je ne mens
point : j'ai vu la sainte Vierge comme je vous vois,
elle m'a parlé comme je vous parle. — Et pourquoi
n'est-ce pas à moi qu'elle s'est adressée ? — Je n'en
sais rien, chère mère ; peut-être est-ce parce que
vous portez des lunettes et que vous êtes un peu
sourde. — C'est bien, mademoiselle, on ne vous en
demande pas si long ; mais, comment la mère de
Dieu était-elle faite ? — Elle portait un habit de
patriarche. — Fi ! que c'est vilain ! une femme
s'habiller en homme !.. je n'aurais jamais cru ça de
la sainte Vierge. — En outre, il tombait toutes
sortes de bonnes choses de ses mains ouvertes, et
ses cinq doigts, pleins de lumière, ressemblaient à
cinq allumettes chimiques qui éclatent. — Et parmi toutes ces choses qui tombaient de ses mains, y

avait-il de l'angélique. — Je ne l'ai point remarqué, chère mère ; mais, je crois bien que tout cela ce n'était que des apparences coloriées qui signifiaient que la médaille attirerait toutes sortes de biens sur ceux qui s'en décoreraient. — La mère Agatocle a manqué, cette année, nos confitures ; croyez-vous qu'elles réussiront quand nous aurons la médaille ? — Sans aucun doute. Que la mère Agatocle mette une livre de sucre pour une livre de jus de groseille, et nos confitures réussiront parfaitement. — Et croyez-vous que votre médaille attirera sur notre couche de melons la bénédiction de la sainte Vierge ? — Evidemment, sainte mère ; surtout si vous les faites mettre sous des cloches. — Mademoiselle Agathe, vous êtes une espiègle. Je crois bien que vous ne seriez pas fâchée que la médaille eût l'influence de vous rendre encore plus jolie. — Non, chère mère ; mais, seulement, je voudrais qu'elle vous rendît un peu plus aimable.

Après bien des tergiversations, la supérieure se décida à aller raconter à l'évêque ce qui s'était passé dans son couvent, et l'archi-médaille fut frappée. Cette médaille est maintenant à la mode dans le monde dévot, et elle a déjà rapporté un bénéfice énorme à ses auteurs. Je tiens d'une personne

digne de foi que M. de Ratisbonne , sans avoir
l'air d'y toucher, en a vendu ici pour mille francs.
Du reste , il y en a un dépôt place de l'Evêché.
Venez, messieurs et dames, approchez , demandez !
l'archi-médaille ne coûte plus qu'un franc ! à un
franc le billet d'entrée au paradis ! à vingt sous la
sainte Vierge habillée en patriarche : vous avez les
vieilles médailles de saint Fiacre par dessus le marché !.. Pères et mères de famille qui allez à l'église
et envoyez vos enfants aux écoles des frères, il faudrait que vous n'eussiez pas vingt sous dans votre
poche pour les priver de ce précieux symbole !.....

Ces doctrines extravagantes sur lesquelles on ne
sait pas faire courir quelques lueurs de style, ces
rêveries d'un cerveau fêlé par une conversion subite,
M. Dufêtre en a non seulement autorisé, il en a
même sollicité la prédication. Il croyait que de tout
ce galimathias surgirait un spectacle pour la foule.
Sa représentation a été manquée ; mais il n'en porte
pas moins sur sa tête la responsabilité des absurdités
qu'il a laissé dire à son marchand de saintes Vierges.
Il le connaissait depuis longtemps, et il ne devait
point permettre son début dans notre cathédrale ;
on n'ouvre pas un vase quand on sait qu'il renferme
des gaz puants et nauséabonds. Entre évêques et

diocésains, il y a des égards dont on ne doit point
s'écarter. **M. Dufêtre** abuse de la confiance de ses
ouailles en leur présentant comme un grand prédicateur un méchant bavardeur de légendes qui n'est
bon qu'à écrire la vie des saints. Si on l'invitait, lui,
M. Dufêtre, à manger d'un mets friand, d'un bon
saumon, par exemple, et qu'on lui servit un hareng
saur, ne garderait-il pas rancune à son perfide am-
phytrion? ne lui dirait-il point, et cela avec beaucoup de raison : « ce n'est pas ce hareng que je viens
de bénir, ni cette piquette, » et ne ferait-il pas, dans
un verre d'eau, ses adieux suprêmes à cette table
gasconne et inhospitalière? Pourquoi, nous, ses
dupes, n'en ferions-nous pas autant? Ne voit-il point,
d'ailleurs, lui qui est si adroit, qu'il fait tort à la
renommée de sa caste? Il met sa nullité en évidence :
c'est un lourd trait d'éponge qu'il passe sur leur
enseigne. Dans un pays où les aigles ne sont pas
plus gros que des alouettes, les alouettes, nécessairement, ne seront pas plus grosses que des saute-
relles ; si, donc, parmi les prêtres, les hommes d'é-
lite sont de la force de **M. de Ratisbonne,** que seront
donc les hommes ordinaires !.. Je vous ai donné,
dites-vous, tout ce que j'ai de meilleure qualité en
fait de prédicateur, et vous vous plaignez : vous

êtes d'un goût bien difficile ! Au contraire ; je me plaignais l'autre jour à mon tailleur de ce que le dernier paletot qu'il m'avait vendu s'était de suite percé au coude ; cependant, me répondit-il, je vous ai donné tout ce que j'avais de plus solide. Alors, lui dis-je, au paletot prochain, vous me donnerez tout ce que vous avez de moins solide. Je répondrai la même chose à M. Dufêtre : donnez-nous tout ce que vous avez de plus inférieur dans votre brigade.

Du reste, il est très mauvais de laisser un prédicateur par trop bête monter en chaire. Si l'individu qui me prêche n'a point sur moi l'autorité d'une intelligence supérieure, je ne me donne point la peine de l'écouter ; s'il n'est qu'un sot, il se réfute de lui-même : je prends de confiance, et sans examen, le contre-pied de toutes ses propositions. Rien n'est funeste à une bonne cause comme un mauvais avocat. Depuis que j'ai entendu M. Lapaulme préconiser l'obéissance à la loi, je me sens des tendances à la révolte. Cela vient, je crois, de ce qu'on rougit d'être de l'avis d'un imbécile.

M. Dufêtre connaît son histoire, l'histoire du monde et celle de l'église. Il ne doit point ignorer que cette créance aux apparitions, aux visions sur-

naturelles, aux conversions par ordre d'en-haut ne
soit fort dangereuse. Combien de charlatans de haut
et bas lieu n'ont-ils point abusé des visions ? combien de grands crimes n'ont-ils point eu une vision
pour les justifier ! Les visions d'aujourd'hui, je le
sais bien, ne sont plus aussi féroces qu'autrefois :
les fantômes ne s'habillent point d'une manière aussi
ridicule ; mais toujours est-il que ces doctrines ont
de graves inconvénients. Je n'irai pas chercher mes
preuves bien loin. Il y a quelques années, un curé
du Morvand disait en chaire à ses ouailles, dans le
but de se faire commander quelques messes, que
tels et tels trépassés lui étaient apparus, qu'ils étaient
fort tourmentés dans le purgatoire, et qu'ils recom-
mandaient à leurs bons parents de leur faire dire des
prières.

Du reste, voilà comme ils sont tous ! Dans un
misérable intérêt privé, ils ne craignent point de
faire à la religion un tort très grave. S'ils avaient
besoin d'une poignée de copeaux pour allumer leur
feu, ils raboteraient leur autel.

Depuis long-temps j'entends dire que le clergé
cherche à abrutir le peuple : je ne le croyais point.
Tant de perfidie de la part des prêtres outrepassait
mon intelligence. Maintenant je le crois, et ma con-

viction s'affermit tous les jours. J'ai pardevers moi
des équations de faits aussi sûres que des équations
algébriques. Je vois un clergé nouveau, étrange,
insolite, hagard, agité d'un tremblement convulsif,
s'intercaler parmi l'ancien. Rien de ce qui existe
ne lui convient ; il veut s'emparer de tout ; il lève
de l'argent par toute la France ; il recrute publiquement des congrégations ; il a des prédicateurs
embrigadés ; des journaux qu'il subventionne, des
écrivains qu'il salarie ! Avant de bouleverser la
France, il met tout sens dessus dessous dans la sacristie. Il fait des saints ; il fabrique des miracles ;
en guise de cocardes il vend des médailles ; il pro-
met le ciel à ceux qui le suivent. Ces pauvres dia-
bles ne sont pas à craindre ; ils ne le sont pas, parce
qu'ils ne savent point être de notre époque et que
la grande masse ne veut plus être de la leur ; parce
que leur ineptie surpasse encore leur ambition. La
corde de cette vieille cloche avec laquelle le clergé
ameutait les paroisses est à cent pieds au dessus de
leur tête ; c'est un tourbillon de fumée qui passera,
comme ont passé tant d'autres, sur l'éternel soleil !
Toujours est-il qu'ils cherchent à abrutir le peuple,
que c'est un système établi chez eux, et que toutes
leurs doctrines nouvelles ne tendent qu'à ce but.

Et en effet, admettons qu'ils soient assez forts
pour ramener parmi nous la foi à leurs apparitions
surnaturelles, à leurs miracles de sacristie : les su-
perstitions opposées n'arriveront-elles point de suite
par une autre porte ? n'aurons-nous point l'idolâtrie
des sorciers, des mauvais esprits, des enchanteurs,
des donneurs de philtres ; et dès lors, serons-nous
bien loin des absurdités du moyen âge ? Mais ils ont
les bras trop petits pour atteindre à ce résultat !

Loin de travailler dans leur intérêt, ils travaillent
contre eux-mêmes. Demain, peut-être, les pierres
du mur qu'ils élèvent leur retomberont sur la tête !

Ils croient qu'avec leurs prétendus miracles ils
exercent un grand empire sur la foule, parce que,
quand ils solennisent ces miracles, elle accourt plus
nombreuse à leurs églises ! mais où la foule n'ac-
court-elle pas ? N'est-elle pas encore plus serrée,
le jour d'une exécution, autour de l'échafaud qu'autour de leurs autels ? La foule est comme les oiseaux
qui accourent où on leur jette du grain, et qui s'en-
volent lorsqu'il n'y en a plus. Mais le doute et l'objection restent. Voilà ce qu'on se dit quand, la
tête sous les draps, on réfléchit à ce qu'on a entendu.

M. de Ratisbonne voudrait nous faire croire que

Dieu a miraculeusement converti son frère. Mais pourquoi, sur des milliards d'impies qu'il y a sur la terre, le frère de M. de Ratisbonne plutôt qu'un autre ? Est-ce qu'il y aurait par hasard des privi-léges pour les Juifs , et les bonnes places du paradis seraient-elles faites pour eux ? S'il est bon qu'il convertisse un seul pécheur, pourquoi n'est-il pas bon qu'il les convertisse tous ? et s'il est mauvais qu'il les convertisse tous, pourquoi est-il bon qu'il en convertisse quelques-uns ? Si , lorsque le cho-léra ravageait nos populations, il nous fût arrivé un médecin qui eût connu un remède infaillible contre le fléau, et qu'il n'eût voulu l'appliquer qu'à cer-tains malades, nous l'eussions regardé comme un monstre, et on n'eût point manqué de le mettre en pièces. Or, d'après ce que disent les prêtres, Dieu ne se conduit-il point envers nous comme l'homme de notre hypothèse ? En ce cas là Dieu n'est donc pas bon, il n'est donc pas juste ? Cette objection , l'homme le plus simple peut la faire ; il peut la répé-ter tous les jours à ses amis et à ses connaissances , et je défie les prêtres d'y répondre ! Ils ont beau dire, pour se tirer d'affaire, que les mystères de Dieu sont impénétrables ; pour moi, je n'admettrai jamais une doctrine religieuse qui contredira les perfections de

Dieu ; car la perfection c'est son essence, et Dieu ne saurait exister sans elle.

Mais le doute va plus loin encore. La religion chrétienne n'a point d'autre base que les miracles de l'Évangile ; retranchez ces miracles, et Jésus-Christ n'est plus qu'un philosophe , un grand homme ! Ne comprennent-ils donc point , quand ils fabriquent, dans leur intérêt particulier, des petits miracles, qu'ils compromettent les grands miracles de l'Évangile , qu'ils sapent la religion par sa base , qu'ils en démolissent l'édifice pour faire autour d'eux de la poussière et du bruit ! Quand je les surprends en flagrant délit de mensonge relativement à leurs miracles, pourquoi n'oserais-je me poser cette question : Les prêtres d'aujourd'hui peuvent , pour se rendre importants , mettre à la mode de petits miracles , pourquoi les premiers chrétiens n'auraient-ils pu , dans un siècle moins éclairé que le nôtre, fabriquer des miracles pour donner à leurs doctrines réformatrices une autorité divine ? Si la religion est mêlée de faux miracles, comment donc distinguer les bons des mauvais ? Quand on en aura trouvé deux ou trois erronés , s'amusera-t-on à analyser les autres ? Si la moitié des billets de banque étaient faux, qui donc voudrait prêter son argent à la banque ? — Voilà le service que rendent à la religion ces prêtres qui font leur tour de France comme un compagnon du devoir, et ceux qui s'en servent pour donner leurs spectacles !

Tous ces gens-là, après lesquels vous courez, ne sont que de faux apôtres, des prêtres impuissants à se distinguer par leur morale, et qui ne pouvant supporter le fardeau de leur obscurité, usent de tous les moyens possibles pour en sortir. Mais, comme il est dit dans l'Évangile : « Si leurs feuilles sont dorées, vous les reconnaîtrez sans peine à leurs fruits. »

Au lieu de former des associations pour adorer le cœur de Marie, ne feraient-ils pas mieux de former des associations pour pratiquer en grand les œuvres de l'Évangile ? — Oui. — Le font-ils ? — Non !

Donc ce sont de faux ministres de l'Évangile.

C. TILLIER.

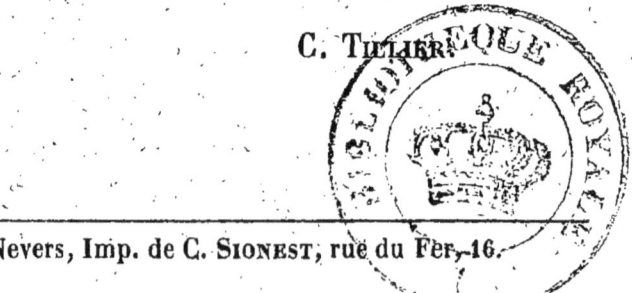

A MESSIEURS LES SOUSCRIPTEURS.

Plusieurs personnes ont manifesté le désir qu'une souscription fût ouverte dans le but d'élever à Claude TILLIER un monument digne de lui. Déjà la ville de Clamecy, son pays natal, a pris l'initiative, et en quelques jours de nombreuses souscriptions ont été recueillies.

Les Citoyens des autres localités seront jaloux de témoigner leurs sympathies à l'homme de bien, au philosophe, à l'excellent citoyen qui emporte dans la tombe l'estime de ceux mêmes contre les erreurs et les préjugés desquels il soutint une lutte si courageuse.

Nous ouvrons dès ce moment, dans les bureaux de l'imprimerie, rue du Fer, 16, une souscription à laquelle viendront s'associer sans doute tous ceux qui ont admiré en Tillier les qualités de l'homme privé et celles du vrai citoyen.

Les offrandes les plus minimes seront reçues.

DE LA PRESSE

EN PROVINCE.

Beaucoup de personnes disent que la censure est abolie en France, et ceux qui n'écrivent point, qui ne font rien imprimer ou qui ne font imprimer que des affiches, le croient à force de l'entendre dire. A Paris, la capitale du monde imprimant, où il y a une foule d'imprimeries de toutes sortes d'opinions et de toutes sortes d'intérêts, oui, la censure est abolie, parce qu'il s'en trouve toujours une qui fait ce que les autres n'ont point voulu faire ; mais en province il n'en est pas ainsi. Allez porter à l'im-

1844

primerie borgne de votre arrondissement quelque
mémoire dans lequel vous vous plaigniez soit du
sous-préfet , soit d'un membre du tribunal , soit
même d'un simple roquet de l'administration, votre
préconiseur de la pensée humaine sera désolé —
en pareil cas ils ont toujours la politesse d'être dé-
solés — de ne pouvoir imprimer votre manuscrit ;
mais vous comprenez sa position : *ces messieurs*
lui ôteraient leur clientelle. Si , par exemple , c'é-
tait ces messieurs qui fissent imprimer un mémoire
contre vous , ils paieraient la nuit , lui et son ra-
pin , pour qu'il fût plus tôt à leur disposition. Un
imprimeur que je ne veux point nommer , m'a dit
naïvement , à moi, qu'il ne pouvait imprimer un
de mes pamphlets, parce qu'il attendait un petit
service de M. Dupin.

Voilà , dites-vous en vous retirant , une machine qui a la prétention d'être homme. Ce man-
nequin s'imagine-t-il donc qu'il est de moitié dans
mon œuvre ? Pourquoi la brocheuse ne se croit-elle
pas aussi responsable des écrits qu'elle broche et le
relieur des livres qu'il relie ? S'il était vrai que ces
messieurs lui gardassent rancune de ce qu'il impri-
merait contre eux , ils seraient encore plus ridicules

que lui : ils savent bien qu'il faut qu'il fasse son métier. En vérité, bientôt le sous-préfet défendra, sous peine de destitution, à son tailleur de m'habiller et à son cordonnier de ressemeler mes bottes.

Cependant, vous pouvez faire sommation à votre homme d'imprimer, et, s'il n'y obtempère pas, l'assigner devant le tribunal. Mais, au cas où il y aurait un délit de presse dans votre écrit, votre imprimeur en serait complice ; alors, vous comprenez qu'il y en verra cent et des plus gros. Si vous vous êtes permis de dire que le sous-préfet ne sait pas danser, que le président du tribunal a un faux-toupet, que la femme du procureur du roi porte des robes rembourrées de coton et qui rectifient les formes, il s'écriera que ce sont d'infâmes calomnies ; que vous poussez à la haine du gouvernement et au renversement de la dynastie, et le tribunal dira probablement comme lui. Si, par hasard, vous gagnez votre procès, votre écrit aura perdu tout son à propos ; les faits qu'il critique seront tombés dans l'oubli : le faire imprimer, c'est comme si vous commandiez votre habit de noce à votre tailleur quinze jours après votre mariage.

Vous avez la ressource, au lieu de vous adresser

au tribunal, lieu où l'on sait bien quand on entre,
mais d'où l'on ne sait point quand on sortira, de
vous adresser au chef-lieu du département. Là il y
a deux, trois imprimeurs peut-être : vous n'aurez
que l'embarras du choix. Vous relisez votre manuscrit, vous y changez quelques épithètes qui ne
valent pas mieux que les premières, vous l'empa-
quetez bien chaudement dans une feuille de papier
gris, et vous montez avec lui en diligence. Dans
votre écrit il y a des passages où vous accusez la
faiblesse du gouvernement qui, au lieu de réprimer
l'insolence des prêtres, leur fait toujours de nouvelles concessions. Mais vous êtes parfaitement tranquille à cet égard : la charte garantit à tout Français
le droit de critiquer les ministres du roi de la terre
aussi bien que les ministres du roi du ciel. Vous
allez vous installer dans la meilleure auberge du
chef-lieu, et vous êtes étonné qu'on ne devine point
que vous avez un manuscrit dans votre poche. Vous
vous adressez d'abord à l'imprimeur de la préfecture — vous connaissez celui-là pour avoir allumé
plusieurs fois votre cigare avec son journal, et vous
avez souvent lu son adresse autour d'une côtelette
en papillotte. — Ce monsieur est un homme comme
il faut : c'est du moins ce qu'indique sa robe-de-

chambre à grands ramages. Il vous reçoit avec beaucoup de politesse, et même il vous offre un fauteuil,
car il médite déjà de vous faire prendre un abonnement à sa gazette ; mais , à travers ses besicles ,
il a découvert votre malencontreux passage. Comment voulez-vous qu'il imprime quelque chose
contre le gouvernement ? Il a acheté quatre-vingt
mille francs la clientelle de l'administration , et il
n'est pas d'humeur à la perdre pour vous être agréable : sa politesse ne va pas jusque-là. « Mais, monsieur, vous écriez-vous , et la loi , et la charte qui
garantit à tout Français la libre émission de sa pensée ! — Et ma clientelle , monsieur ! vous répond-il ;
et mes quatre-vingt mille francs dont moitié est
remboursable à la Saint-Martin prochaine ! »

Cependant vous n'êtes pas encore tout à fait dés-
appointé : l'autre imprimeur sera plus traitable
sans doute ? Malheureusement , l'autre imprimeur
a la pratique de l'évêque : il ne peut rien publier
qui soit hostile aux prêtres , et vous parlez de leur
insolence ! On vous indique une troisième imprimerie que vous ne connaissiez point. Bien certainement vous allez rencontrer là votre affaire. Vous
avez vu l'imprimeur de l'évêché, l'imprimeur du

gouvernement ; vous allez enfin trouver l'imprimeur de tout le monde. Mais vous avez encore compté sans votre hôte : ce monsieur est l'imprimeur des légitimistes , et il y a une phrase qui est peu obligeante pour les légitimistes. Il faut que vous remettiez une troisième fois votre manuscrit dans votre poche. Vous vous en retournez chez vous , découragé , de si mauvaise humeur, que vous oubliez de rien apporter ni à votre femme , ni à vos enfants , qui vous l'avaient , hélas ! tant recommandé ; mais vous avez appris en votre voyage que la censure n'est point abolie en France ; qu'elle est tombée des mains royales qui l'exerçaient quelquefois avec discernement , entre les mains des imprimeurs qui l'exercent en aveugles, selon les inspirations de leur intérêt personnel.

Telle a failli être à peu près ma position à Nevers. M. Dufêtre, qui est évêque et marchand de livres, a partagé sa clientelle entre les deux principaux imprimeurs de la localité : l'un , qu'il craint , a la clientelle de l'évêque ; l'autre, qu'il aime, a la clientelle du marchand de livres ; mais à la condition tacite que leurs presses me seront à tout jamais fermées. Or, voilà, de la part de M. Dufêtre, un acte d'hostilité que je ne comprends point. Il sait bien que mes pamphlets sont hors de sa portée ; qu'il ne saurait en retrancher une seule ligne. Alors, pourquoi cette grimace d'horreur qu'il leur fait, et ce poing qu'il leur montre de loin ? Jette-t-on des pierres à son ennemi quand il est hors de portée ? Voyez un peu quelle terrible chose ce serait, si le même rouleau qui a noirci son papier passait sur le mien, et combien la religion serait compromise ! M. Dufêtre a-t-il donc peur que mes pamphlets ne scandalisent ses livres d'église ? qu'ils ne leur tiennent, la nuit, des propos impies et déshonnêtes ? qu'ils ne cherchent à les détourner de la foi par des sophismes, et que quelque jour les saints épouvantés, pour échapper à la tentation, ne se refugient, en chemise, chez le sacristain ? Je le dis sincèrement, il me fait peine de rencontrer, chez M. Dufêtre, ces vagues et fausses idées d'un homme qui agit sans savoir pourquoi et ne saurait expliquer sa conduite. Ainsi, si j'habitais le même quartier que M. Dufêtre, et qu'il n'y eût qu'un puits commun, il ne voudrait pas y puiser l'eau dont il fabrique son eau bénite, parce que j'y prendrais l'eau dont je fais mon encre de la Petite-Vertu. Je n'ai vraiment pas un adversaire digne de

moi, et il faudra que je m'adresse à un autre évêque.
Pour moi, que M. Dufêtre apporte, quand il voudra, sa clientelle, en tout ou en partie, à mon imprimeur, cela ne me fera point reculer d'une semelle.
Mes pamphlets sont gens à vivre en bons camarades avec l'histoire de sainte Flavie, et ils supporteront très bien le voisinage du docteur Gypendole — bien que ce soit un charlatan du plus mauvais ton, — pourvu qu'il ne cherche point à leur faire avaler de ses pillules.

Mais ici M. Dufêtre est non seulement ridicule, il est encore répréhensible. Le nombre des imprimeurs est limité par la loi : ceux-ci donc sont obligés d'imprimer pour tout le monde, pour les ennemis de la religion aussi bien que pour ses amis, pour les pamphlétaires aussi bien que pour les évêques. Quand M. Dufêtre leur impose la condition de ne point imprimer pour tel ou tel, il les détourne, par l'appât d'un bénéfice, des devoirs que leur profession leur impose. Or, pour un évêque qui doit prêcher l'accomplissement de tous les devoirs, cela est-il bien moral, et Fénélon et saint-Vincent de Paule se seraient-ils permis pareilles choses ? En tout cas, si M. Dufêtre agit ici en bon évêque, il agit bien certainement en mauvais citoyen : il s'oppose, autant qu'il est en lui, à l'exécution d'une de nos lois les plus chères ; il restreint l'exercice d'un droit garanti par la Charte ; il entrave la liberté de la presse. Il doit comprendre, d'ailleurs, que si tous les gens riches faisaient comme lui, bientôt il n'y aurait plus une profession publique en France. Je ne crois point que M. Dufêtre ait encouru quelque peine en imposant à ses imprimeurs des conditions restrictives du droit commun ; mais, bien certainement, il a commis le délit d'accaparement.

Mais, dira-t-il, vous pouvez assigner mes imprimeurs à vous prêter leurs presses, et vous gagnerez votre procès. Ainsi, par votre fait, il faut que je me jette dans les embarras d'un procès. Et la montée du château, m'enverrez-vous votre voiture pour la grimper ? et ma toilette de palais, chargerez-vous votre valet de chambre de me la faire ? et les honoraires de mon avocat, est-ce vous qui les paierez pour moi ? Si, par ces obstacles sans nécessité et sans but que vous avez mis à la publication de mes pamphlets, ils me coûtent cinquante francs de trop, parce que vous ne m'avez point pris ces cinquante francs avec vos mains, croyez-vous que vous ne m'en ayiez point fait tort ?

M. Dufêtre objecte encore qu'il ne me porte aucun préjudice, puisqu'il y a, à Nevers, un troisième imprimeur qui me fournit ses presses. Soit; mais c'est comme si vous me disiez : Il y a ici trois confesseurs ; en vous en interdisant deux, je ne vous porte aucun préjudice, puisqu'il vous en reste un pour vous donner l'absolution. Mais, je veux essayer des deux autres, pourquoi m'en empêchez-vous? qui vous autorise à m'ôter le droit de changer? Et si je ne m'accommode point avec mon imprimeur, s'il me rançonne, s'il me fait mal ma besogne, où irai-je? Alors, dit M. Lacroix (la seconde langue de M. Dufêtre), vous irez chercher un imprimeur à Moulins : ce n'est qu'à quatorze lieues de poste d'ici, et c'est un voyage charmant par l'Allier. — Très bien, monsieur Lacroix; mais, supposons que je sois votre ennemi, que je sois assez riche pour subventionner, et que je subventionne tous les barbiers de la ville et des environs pour ne point vous raser, cela vous arrangerait-il? — Non, dites-vous, car, alors, que ferais-je de ma barbe? — Eh bien! vous iriez vous faire raser à Moulins : ce n'est qu'à quatorze lieues de poste d'ici, et c'est un voyage charmant par l'Allier.

Du reste, ce que j'en dis, ce n'est pas pour me

plaindre d'un tort que m'a fait M. Dufêtre : le digne homme n'a rien à se reprocher de ce côté-là ; c'est pour montrer quelle est la tolérance et l'esprit de charité des prêtres, et combien, sous le prétexte sacré de la religion, on fait d'arbitraire et de despotisme.

C. TILLIER.

Nevers, imprimerie de C. SIONEST, ruc du Fer, 16.

DÉFENSE DES MENDIANTS

MENACÉS PAR M. AVRIL.

———————

— Te voilà, Bras-de-Fer ! eh que viens-tu faire ici bas ?

— Maître, je viens chercher la conclusion de votre rapport sur la mendicité ; le bon Dieu en a besoin.

— Et qu'en veut-il faire, le bon Dieu ? en quoi cela importe-t-il à sa félicité éternelle ?

— Je ne sais, commandant ; mais il veut votre conclusion. Comme il vous sait un peu prolixe, il m'a donné trois feuilles de papier grand-jésus pour l'écrire.

— Ma conclusion ! Est-ce que c'est lui qui m'a nommé rapporteur ? Mais, c'est de la tyrannie, cela, Bras-de-Fer ! En vérité, le bon Dieu devient d'une exigence !... Si cela continue, je me brouillerai avec lui : tu peux l'en avertir.

— Mon maître, cela lui ferait de la peine.

— A la bonne heure !... Mais, croit-il que je n'ai autre chose à faire qu'à conclure ?... Et l'agriculture qu'il faut que j'encourage ! et les races de bestiaux qu'il faut que je croise ! et les charrues qu'il faut que je perfectionne ! et le régime des prisons que je serai peut-être obligé d'améliorer ! car sans moi ces messieurs ne savent rien faire. Et le commerce, et l'industrie qu'il faut que je fasse fleurir dans ce département, sans compter deux ou trois cent mille kilogrammes de fer laminé qu'il faut que je fabrique tous les jours !... Je voudrais bien le voir à ma place, lui, le bon Dieu, créateur du ciel et de la terre !... Mon rapport ne conclut pas, c'est vrai ; mais, tel qu'il est, ne suffit-il point pour l'éclairer sur la question ?

— Vous avez beau dire, commandant, il me faut votre conclusion : je ne saurais retourner là-haut sans cela.

— Faites donc pour trois mille francs de bonnes œuvres !... Heim , Bras-de-Fer , je serais joli garçon si je les avais faites avec mes propres deniers !...

— Si vous aviez donné aux pauvres un morceau de pain de votre chanteau, le bon Dieu vous en eût peut-être su plus de gré, commandant.

— Je remarque que depuis que je suis nommé membre de la commission chargée d'étudier la mendicité , le bon Dieu n'a plus pour moi les mêmes égards. Avoue-le moi, Bras-de-Fer, il y a là-haut quelqu'un qui lui monte la tête contre moi. Je parierais tous mes titres, toutes mes liasses de nominations que mes héritiers vendront au moins six francs à l'épicier, contre un sifflet de deux sous, une bagatelle , un abonnement à l'*Écho de la Nièvre* enfin, que c'est le patron du pamphlétaire. Maudit archevêque , va ! si je pouvais être seulement un quart d'heure au ciel avec toi.... Dès ce moment, je prends tous les Claude en aversion : fussent-ils cent au comice, je n'en encouragerais pas un seul à tirer de son champ la meilleure moisson possible !...

— Modérez-vous, commandant ; occupé comme vous l'êtes, vous n'auriez pas le temps de haïr tant de monde.

— C'est vrai, Bras-de-Fer, le département en souffrirait. Mais, qu'a dit saint Claude à propos de mon rapport ?

— Il paraît, Seigneur, a-t-il dit, qu'en France on ne veut plus permettre la mendicité qu'aux riches. Ils sont là un tas de réformateurs borgnes, philanthropes de gazette, assez économes d'argent, mais très prodigues de paroles, se souciant très peu des misères du pauvre, mais tenant à faire le plus de bruit possible, qui ont déclaré au porte-besace, au mendiant de pain, une guerre d'extermination : on dirait qu'il importe au bonheur de ces messieurs qu'il n'y ait pas un seul pauvre à la surface de la Nièvre !

Si M. Avril n'obtient cette satisfaction, il cesse de protéger le département !... Pauvres mendiants ! on voit bien, vous, que vous n'êtes représentés ni dans les colléges électoraux, ni dans les chambres ; votre existence mise en question n'a point séparé les députés en deux camps ; on ne parle point, avant de vous supprimer, de faire une enquête à l'égard de votre industrie, et nul ne propose de la racheter, comme celle du sucre de betterave, par une somme d'argent. Êtes-vous réellement nuisibles à la société ? Personne ne s'en enquiert. Ils ont répété tant de fois que vous étiez une lèpre, une plaie, un fléau, qu'ils tiennent la chose pour démontrée. Cependant, une lèpre, un fléau, cela est bien facile à dire ! C'est ainsi qu'il y a six mois M. Dufêtre cherchait à me faire passer pour un vent brûlant qui desséchait les paroisses ; pour une noire fumée qui montait de l'abîme. Heureusement on n'abolit pas des hommes avec trois métaphores, et le temps n'est plus où vous étiez pendu d'abord et jugé ensuite. Je croyais que le rapport de M. Avril ne manquait que d'une conclusion ; mais il manque encore de prémisses : c'est un syllogisme à un seul terme, un O qui n'a que le ventre. Je ne vous dirai point, Seigneur, qu'il n'a ni queue, ni tête ; mais il ressemble à ces vieux ponts détruits qui n'ont qu'une arche ou deux au milieu de la rivière. M. Avril crie de toutes ses

forces : « On a aboli la mendicité à Lyon , on l'a
abolie à Strasbourg , on l'a abolie à Bordeaux, il
faut aussi l'abolir dans la Nièvre ! » Très bien crié,
honorable rapporteur ; mais , pourquoi abolir la
mendicité à Nevers ? Il me semble qu'avant de demander l'abolition des mendiants, il faudrait prouver qu'ils sont dangereux à la société, ou tout au
moins qu'ils lui sont nuisibles. Mais, vous êtes-
vous occupé de cette question dans vos voyages à
Lyon, à Strasbourg, à Bordeaux , et par toute la
France ; car je suppose que vous ne vous êtes pas
fié aveuglément à des paperasses menteuses toujours donnant raison au système qui les a engendrées,
et que vous avez pris sur les lieux les renseignements que vous nous donnez dans votre milieu de
rapport. Dans vos voyages, dis-je, avez-vous étu-
dié le caractère du mendiant ? avez-vous quelque
fois fait un bout de chemin avec lui ? l'avez-vous
régalé d'un verre de vin à la table d'un cabaret, et
lui avez-vous fait raconter son histoire ? avez-vous
pris, aux parquets, dans les greffes, dans les mai-
ries, des renseignements sur sa conduite ? Si vous
n'avez point fait cela , de quel droit venez-vous
donc affirmer qu'il est dangereux pour la société ?...
Vous dites que le mendiant est un fléau !... Mais,

est-ce lui qui fait des banqueroutes frauduleuses,
qui escroque des obligations, qui vole des domaines
avec de faux titres, qui suppose des testaments, qui
contrefait des signatures ? est-ce lui qui accapare
un bout de chemin de fer, toute une industrie, qui
abolit ses confrères par une concurrence impi-
toyable ; qui accable les ouvriers d'un travail inutile, qui rogne constamment leur salaire , qui ne
leur laisse gagner que le pain nécessaire à la vie du
corps ? est-ce lui qui intente à ses voisins des procès
injustes pour les dépouiller d'un sillon, qui achète
la fille du pauvre et séduit la femme du riche ; qui
se jette, ivre d'attendrissement, dans les bras d'un
excellent ami qu'il travaille à évincer de son poste ;
qui s'est laissé corrompre et qui corrompt les autres
pour avoir de l'argent et des honneurs ; lui qui
emplit sa besace de l'argent du budget et en achète
des châteaux ; lui qui trafique des emplois, qui ôte
à l'honnête homme ce qui lui appartient pour le
donner à un fripon ; lui qui livre à des personnages tarés, autrefois voleurs d'argent et maintenant voleurs de suffrages , la croix d'honneur de
nos vieux soldats ; lui qui fait, par ses recomman-
dations, triompher l'injustice sur le bon droit ; lui
qui fait avoir des places à des misérables, riches par

eux-mêmes et qui en ont déjà vendu une ; lui qui
est un athée , qui ne croit ni au crime , ni à la
vertu, qui croit que le plus sage est celui qui se
donne le plus de jouissances sur la terre , et que
toute la morale consiste à éviter l'échafaud ou la
prison ?... Pour moi, je pense tout autrement que
ces messieurs. Le mendiant est celui de tous les
hommes qui se trouve dans la meilleure position
pour être probe. Il ne possède rien , et il ne veut
rien acquérir ; il n'a que très peu de besoins, et il
trouve sans peine , sans travail , le moyen de les
satisfaire. Sa vie est celle du végétal qui se laisse
nourrir par la terre et vêtir par le soleil : quand il a
tout ce qu'il lui faut, pourquoi se donnerait-il la
peine d'être malhonnète homme ? à quoi lui servirait-il de mettre dans sa besace plus de pain qu'il
n'en peut manger ? A rien, si ce n'est à le fatiguer
d'un fardeau inutile. Les deux extrêmes se touchent. Il est précisément dans la même position
que l'homme opulent qui n'a plus à satisfaire de
besoins : celui qui est rassasié de pommes de
terre ne cherche pas plus que celui qui est rassasié
de truffes à voler le dîner de son voisin. La paresse
s'oppose, chez lui, au développement du vice. Pro-
posez-lui de s'emparer d'un sac de dix mille francs,

il vous répondra que c'est trop lourd ; engagez-le
à aller à une lieue de là dévaliser quelque riche passant, il vous dira que c'est trop loin. Je ne prétends
point pour cela que le mendiant est vertueux ; car
l'absence seule du vice ne fait point la vertu. La
vertu impose des sacrifices à ceux qui la pratiquent.
L'homme que son penchant entraînerait sans cesse
vers le bien n'aurait pas, ce me semble, un grand
mérite. Si un homme aimait mieux le maigre que
le gras, selon moi, vous ne devriez pas, Seigneur,
lui tenir grand compte de ce qu'il ferait gras le
vendredi , et je n'appellerais pas généreuse une
amante qui donnerait sa vie pour sauver celle de
son amant, si elle trouvait du plaisir à le faire. Mais
toujours est-il que le mendiant n'est point vicieux,
on qu'il n'a que de ces vices sans importance et
qui ne font tort à personne. Or, si ce n'est point là-
bas la cour du roi lion, cela doit suffire pour le faire
absoudre. Ces messieurs veulent des épurations !
c'est très bien fait à eux ! ils ne sauraient mieux
employer leurs moments perdus : si leurs plans sont
inexécutables, cela met toujours leur philanthropie
en évidence, et prouve au public leur bonne volonté.

Le mendiant vous dégoûte par l'aspect de sa mi-

sère !.... En vérité, messieurs, bientôt il faudra vous
faire dorer les immondices qui sont au coin des
bornes !.... Est-ce sa faute à lui , s'il est si misérable, ou la vôtre ? pourquoi donc n'a-t-il point de
sillon, si ce n'est parce que vous avez , vous , des
domaines ? pourquoi donc ne fait-t-il point de pain
pour lui , si ce n'est parce que vous forcez le soleil
à luire et les nuages à verser leurs pluies sur de
grands espaces inutiles que vous appelez des parcs ?
pourquoi, au lieu d'épis, faites-vous pousser des
dahlias de cent espèces ? pourquoi donnez-vous à
vos chevaux et à vos chiens le pain des pauvres ?
pourquoi le pauvre a-t-il des haillons, si ce n'est
parce que vous avez de riches habits ?.. Quoi ! vous
avez privé la famille du mendiant de son patrimoine,
et vous lui faites un crime de ce qu'elle n'en a plus !
vous l'avez battue, et vous lui reprochez d'avoir
des plaies ! Les mendiants, c'est vous qui les faites,
et vous leur reprochez leur existence !... Le mendiant vous afflige de l'aspect de sa misère !..., mais,
vous laissez bien le banqueroutier tenir le haut
pavé de la rue !... Le scandale que jette la parure
dorée de cet homme n'est-il pas plus préjudiciable
à tous que le dégoût qu'inspirent les haillons du
pauvre ?...

— Monsieur Bras-de-Fer !!....

— Plaît-il, maître ?

— Je crois que nous tous riches propriétaires, personnages importants, gens haut montés, vous nous traitez de voleurs.

— Pas précisément, maître ; mais tout homme qui a plus que sa part des biens que Dieu a faits pour tous, est un usurpateur. Parce que vous avez un sac d'or, cela vous donne-t-il le droit de prendre un morceau de la terre, de l'enfermer entre quatre haies, et de dire : Ce fragment du globe est à moi comme si je l'avais créé ; là le soleil ne fera pas pousser un brin d'herbe qu'il ne m'appartienne ?

— Maître Bras-de-Fer, vous êtes un révolutionnaire !

— Je suis toujours ce que j'étais dans vos dialogues ; je n'ai pas eu, moi, de raisons pour modifier mes opinions !

— C'est bon, monsieur le raisonneur ; mais convenez qu'il n'y a rien de plus désagréable dans les rues qu'un coquin qui vous poursuit de son éternel *Pour l'amour de Dieu, s'il vous plaît !*

— Le mendiant vous importune de son éternelle prière, dites-vous ; mais, des marchands de toute sorte ne vous importunent-ils point de l'offre de leurs marchandises ? Et, d'ailleurs, vous avez un bon moyen de vous en débarrasser : c'est de lui donner quelque chose. En tout cas, vous seriez bien moins cruel en lui donnant un coup de canne qu'en le privant de sa liberté.

Quelquefois le mendiant viole votre domicile ; il reste sur votre escalier au mépris des aboiements de votre chien et des murmures de votre servante ; mais, ne recevez-vous pas tous les jours des visites plus importunes que la sienne ? ne donneriez-vous pas bien à certains qui vous ennuient de leur bavardage un sou pour qu'ils lâchassent prise ? Et, d'ailleurs, sa visite, à lui, vous n'êtes pas obligé de la lui rendre.

Le mendiant vit dans une oisiveté crapuleuse ; mais l'oisiveté est-elle chose prohibée ? chacun ne la pratique-t-il pas comme il l'entend ? Les liards n'ont-ils point cours parce qu'ils sont moins luisants que les pièces d'or ? Et l'oisiveté du mendiant n'est-elle pas plus innocente encore que beaucoup d'autres ? L'oisiveté du chanoine est-elle plus utile ?

Le mendiant est l'homme de la nature. Votre civilisation au milieu de laquelle il vit ne l'a point touché. Il suit ses instincts sans s'inquiéter des convenances. Ce que vous appelez crapule, c'est le résultat de l'éducation que lui a faite la nature. Bientôt vous exigerez de votre cochon qu'il se lave les pattes et qu'il se mette une serviette au cou pour manger sa buvée ! Le mendiant est fainéant, c'est vrai ; mais aussi il n'est point ambitieux ; il ne nuit à l'existence de personne , à moins que ce ne soit aux établissements diocésains de M. Dufètre ; il ne va point se mettre sur les chemins que vous parcourez et ne vous jette point dans le fossé ! Personne ne le trouve de trop auprès de lui ; il vit de miettes ; il ne ramasse que ce que vous lui jetez. Il n'occupe que la place de son corps ; personne ne s'aperçoit qu'il existe ; là où il vient, c'est une mouche qui s'abat sur un chêne ; là d'où il part, il ne laisse pas plus de vide qu'un grain de poussière que le vent chasse du chemin. Son oisiveté ne fait tort à personne : c'est une espèce de sommeil ; pourquoi l'éveillez-vous pour travailler, du moment que vous n'avez pas besoin de son travail ?

Est-ce donc pour vous un si grand bien que l'activité maladive de ces gens qui ne sont pas plus tôt sortis d'une entreprise qu'ils se précipitent dans deux autres ; qui sont banquiers dans le nord et défricheurs dans le midi ; qui n'ont pas plus tôt élevé une pile d'or qu'ils en recommencent une autre ; qui veulent prendre leur pain à une montagne de blé et leur vin à un foudre ; qui veulent couper dans un arpent de drap le morceau d'étoffe dont ils ont besoin pour s'envelopper ; qui ne cèdent leur place à un autre que quand ils sont à leur dernier souffle de vie ?

Ne serait-il donc pas préférable que ces gens-là s'endormissent ? Si vous aviez dans vos forêts cinq à six lions, vous applaudiriez-vous de ce qu'ils ont un excellent appétit ? Quoi ! de tous côtés la concurrence vous presse, vous étouffe, et vous blâmez l'oisiveté philosophique des mendiants !... Mais, allez donc voir demander aux Auvergnats si, quand ils se précipitent vers leurs gamelles, ils trouvent mauvais que deux ou trois camarades restent derrière et se contentent des bribes laissées par les autres ?

— Tu nous compares à des Auvergnats, Bras-de-Fer ; sais-tu que cela est inconvenant ?...

— Je ne vois pas, maître, pourquoi il serait inconvenant de comparer un Nivernais à un Auvergnat.

— Fais donc attention, Bras-de-Fer, que tu nous compares à des Auvergnats qui manient la pioche.

— Eh bien ! maître, ce sont ces gens-là qui exécutent les travaux que vous encouragez. J'aime mieux celui qui pioche que celui qui lui dit : *courage !*

— Mais, Bras-de-Fer, vous dites-là des choses....

— Dame, maître, je ne raisonne pas comme quand j'étais dans vos dialogues. Mais j'en reviens à votre oisiveté sale et ignoble. D'abord, qu'entendez-vous par *sale* ?

— Mais, quelque chose qui fait mal à voir, qui inspire du dégoût.... Il n'est pas facile, du reste, à définir, ce mot *sale*.

— Suffit, maître. Mais, une huître est dégoûtante, cependant vous la mangez ; une masse de graisse sur la boutique d'un boucher vous fait lever le cœur, cependant vous vous en oignez les cheveux ; ces peaux infectes qui pendent sur le chevalet du tanneur vous font rebrousser chemin, pourtant vous vous les mettez aux mains : sans cela vous ne sauriez être un homme comme il faut ; le savon est composé de drogues hideuses, cependant vous vous baignez dans ces drogues ; un cheveu tombé sur vous de la tête d'un autre vous agace les nerfs, cependant vous portez, pour couvrir votre calvitie, toute une calotte de cette hideuse dépouille ; un ulcère vous fait mal à voir, cependant, pour la conservation de votre frêle santé, vous vous faites des cautères. Le mendiant qui n'a point de mouchoir crache à terre ; vous, vous crachez dans votre poche. En quoi l'oisiveté de vos gens comme il faut est-elle plus propre que celle du mendiant ? Et qu'a donc besoin, d'ailleurs, le mendiant de s'attifer de votre propreté de convention ? Il vit au milieu de la foule sans qu'elle le touche ; personne ne prend garde à lui. Il n'a d'autre compagnon que son chien, avec lequel il n'est point sur l'étiquette. Quels égards vous doit-il donc à vous qui le repoussez ?

Vous dites que le mendiant est ignoble ! et pourquoi cela, s'il vous plaît ? Le mendiant suit les instincts que la nature lui a donnés ; il vit avec son corps, il se distrait avec ses mains ; il ne s'occupe que de choses pour vous sans importance ; mais qu'y a-t-il donc d'ignoble en cela? En quoi l'homme qui tresse, dans son cabinet le dialogue d'une mauvaise comédie qui ne servira à rien est-il plus noble que celui qui tresse, sous un arbre, un panier d'osier qui servira à un enfant pour emporter ses provisions à l'école ? Le mendiant, dans son oisiveté, aime à s'asseoir le long des murs et à s'imbiber des rayons du soleil, à regarder le ciel entre les toits, à contempler l'hirondelle qui semble sur le firmament une étoile noire, à se coucher sur sa besace à l'ombre des haies, à ramasser dans la forêt qu'il traverse des fruits et des noisettes pour donner aux enfants, à s'entretenir du regard avec son chien : cela est-il donc plus mal que d'aller s'installer dans un spectacle, muguetter dans un salon, perdre son argent à une table d'écarté, et quelquefois de détourner de ses devoirs une mère de famille ? Est-ce là une oisiveté plus utile à la patrie que celle du mendiant ?

Vous travaillez, vous, parce que vous avez besoin de beaucoup de choses ; le mendiant ne veut point travailler, parce qu'il n'a besoin de rien pour vivre ; parce qu'il faut se donner trop de peine pour jouir ; parce qu'il aime mieux avoir faim que de se donner

aux mains des ampoules : quel mal y a-t-il à cela ?
Et quand bien même encore j'aimerais mieux mourir de faim que de travailler, qu'est-ce que cela vous
fait ? Pourquoi n'accusez-vous pas aussi celui qui
aime mieux périr que de se laisser couper une
jambe ?... C'est, à tout prendre, une philosophie qui
vaut mieux que la vôtre, qui rend plus heureux et
qui n'est préjudiciable à personne. Je ne prétends
point que vous l'enseigniez dans vos collèges ; mais
il ne faut pas non plus la mettre en prison.

C'est, du reste, contre vos intérêts que vous
agissez. Si tous les insectes faisaient, comme la
fourmi, des magasins, la campagne n'aurait pas
assez de grains. Du reste, les mendiants ont une
profession qu'illustrent de grands souvenirs ; cette
secte de philosophes a produit des hommes fort re-
recommandables : Jésus-Christ, Homère, Bélisaire,
Jean-Jacques Rousseau étaient des mendiants ; et
les avoués, les huissiers, les notaires, les agents
d'affaires, les greffiers, les banquiers comptent-ils
parmi eux de tels hommes ? Comme il serait bien
qu'un fantassin mît Bélisaire au violon, et, si Jésus-Christ revenait parmi nous, qu'un substitut
dît au tribunal : « Messieurs, nous avons l'honneur
« de vous déférer, comme prévenu de vagabondage,

« le nommé Jésus, dit Christ, fils du sieur Joseph,
« charpentier, et de Marie, sans profession !...»

« Le mendiant est dangereux : pour obliger le
fermier à lui donner l'aumône, il le menacerait
d'empoisonner ses bêtes et de mettre le feu à ses
bâtiments ! » Vaines menaces qui ne sauraient
s'exécuter aujourd'hui que la police a les bras si
longs et le poignet si solide ! Mais, n'y a-t-il pas
des gens très honorables qui menacent leurs dépen-
dants de les destituer s'ils ne leur livrent leurs suffrages, et qui, bien plus dangereux que les mendiants, ont le pouvoir d'exécuter leur menace ?
Pourquoi donc ne les supprimez-vous pas aussi ?

Le mendiant des campagnes, au contraire, exerce
en toute conscience son métier ; il ne se présente
chez le fermier qu'à des intervalles éloignés, et jamais il ne reste chez lui plus de l'espace d'une soirée et d'une nuit ; le lendemain, quelque temps
qu'il fasse, il se remet en route, comme si une affaire
indispensable l'appelait ailleurs. Du reste, le fermier
ne lui refuse jamais un morceau de pain et une
écuellée de soupe.

C'est un parasite, dites-vous. Oui ; mais c'est
un parasite qui vit de si peu ! La mousse n'a-t-elle

donc pas le droit de vivre sur les pierres de votre jardin aussi bien que la citrouille qui se carre au milieu d'une planche et qui boit l'eau de deux arrosoirs ? Dieu n'a-t-il pas fait le gui pour végéter aux dépens des grands chênes ? Et, d'ailleurs, si le mendiant est un parasite, que sont donc vos chiens, vos singes, vos perroquets, vos chevaux de course, et tous ceux qui ont leur couvert à la table friande et sucrée des sinécures ? Vous voulez écraser une pauvre mouche, parce qu'elle a piqué de sa trompe quelque fruit de votre table, et vous laissez passer tranquillement le boule-dogue qui vous emporte un gigot de mouton. Cela ne viendrait-il point de ce que le molosse a de longues dents, et de ce que la mouche meurt sans se plaindre ? Alors, vous seriez non seulement des cruels, mais vous seriez encore des lâches.

— Claude, dit le bon Dieu, pourquoi en vouloir à M. Avril de ce qu'il s'est mis en tête d'abolir la mendicité ? Le mendiant ne nuit à personne, j'en conviens ; les mendiants sont les insectes de la société, et, comme tous les grands animaux qui ont le pied lourd et la dent pointue, il faut qu'ils vivent ; mais, si M. Avril trouvait moyen de leur donner à chacun une petite maison pleine de provisions, du

pain blanc et des habits bien chauds, ne vivraient-
ils pas plus heureux ?

— J'en doute, Seigneur. Le mendiant est habitué à son insouciante misère ; il l'aime comme nous
aimons quelquefois un vieil habit déchiré : si vous
le déchargiez de sa besace, il se trouverait géné
comme un bossu auquel vous auriez enlevé sa bosse.
Si vous donniez quelque chose au mendiant, vous
lui donneriez les soucis d'abord, puis tous les vices
qu'amène la possession, et vous en feriez un individu malheureux et coupable. Mais l'intention de
M. Avril n'est pas de supprimer les mendiants en
en faisant de petits rentiers : il n'a point de mine
d'or, que je sache, dans ses domaines.

— Eh ! que savez-vous, Claude, de ses intentions, puisqu'il n'a point donné de conclusion ?

— Seigneur, j'ai entendu et j'ai lu à ce sujet tous
les supprimeurs de mendicité, et je sais ce qu'ils
pensent. Au lieu de supprimer la mendicité, ils
veulent confisquer les mendiants. Ils les enferme-
ront entre quatre murailles, et pour ce morceau de
pain qu'ils trouvent partout, ils les forceront de
travailler. Or, de quel droit peut-on forcer un
homme à travailler, à moins que ce ne soit dans de

grandes occasions où il y va du salut de la patrie ?
Le mendiant n'est-il pas maître dans sa peau comme
vous l'êtes dans la vôtre ? Forcez votre bœuf, votre
cheval, votre âne à travailler, ils vous appartiennent ;
mais, lui, combien donc l'avez-vous acheté ? Pourquoi disposez-vous de ses os, de sa chair, de ses
muscles comme si c'était votre propre chose. Dieu
vous a-t-il permis de presser dans vos étaux cette
pauvre créature inoffensive pour en faire sortir de
la sueur ? Où les travailleurs manquent-ils au travail ? où a-t-on besoin de bras ? Pourquoi vouloir
fabriquer encore des pioches neuves quand vous en
avez de rechange qui encombrent vos magasins ?
Cette masse stagnante d'hommes, ne voyez-vous
pas que c'est un lac qui ferait déborder vos rivières
si vous le forciez, sous prétexte de faire tourner quelque moulin, à courir dans la vallée ?

Quand vous parlez au mendiant de travailler,
il ne comprend pas ; c'est comme si vous pro-
posiez au rossignol de donner des leçons de musique, ou au lièvre de se faire tambour de ville.

Ce problème — « comment faire pour être heureux ? » — que les philosophes cherchent encore,

il y a deux mille ans que le mendiant l'a résolu.
Si Abdallah, partant pour la recherche du bonheur, se fût avisé d'ouvrir la besace d'un mendiant,
il ne nous eût pas ennuyés six mois du récit de
ses voyages. Pour moi, maître, je vous l'avoue,
quand j'étais sur la terre, j'ai souvent envié au
mendiant sa misère vagabonde ; et bien que j'eusse
l'avantage de votre conversation, si j'avais pu
m'échapper de vos dialogues, j'aurais pris le bâton
et la besace ; je trouvais que c'était une belle chose
que d'être au milieu des hommes comme l'oiseau
au milieu des airs, comme le poisson au milieu
de l'océan ; d'aller droit devant soi ; d'arriver toujours, quelque chemin qu'on prenne, à son gîte ;
de parcourir à petits pas et en zig-zag, comme
une mouche qui vole, ces belles contrées où l'air
est tiède, où la terre est parée de fleurs et d'arbres qu'on n'avait vus que dans des caisses, et où le
pélerin n'est jamais empêché par la pluie de manger son morceau de pain et son ognon sur le som-
met des Alpes, et d'emplir sa gourde avec de la
neige des Pyrénées ; d'ôter son chapeau, à la porte des
auberges, au millionnaire qui ne se doute guère que
vous allez visiter ce qu'il va visiter ; d'aller aussi
loin avec des ailes de mouche, que l'aigle avec ses

grandes ailes ; de rapporter dans sa besace un morceau de lave du Vésuve, une poignée d'herbes cueillies au Capitole , une arabesque tombée des pla-
fonds découpés de l'Allhambra , ou un saint pris
dans les catacombes , et de raconter ensuite ce
qu'on a vu aux bonnes gens qui vous hébergent.

Vous êtes comme ces enfants qui arrachent les
ailes à une mouche, et ne s'imaginent point que
cela puisse la faire souffrir. Vous croyez que priver
le mendiant d'une liberté pleine de privations, battue par le vent, brûlée par le soleil, mouillée par
la pluie, c'est lui prendre moins que rien ; que
vous le rendrez bien heureux en lui faisant acheter
au prix de sa liberté et de son travail, ce morceau
de pain dur qu'il trouve partout et que Dieu lui
envoie blanc et frais de temps en temps. Mais,
croyez-vous que cet homme n'ait que quelques aunes
d'entrailles ? C'est comme si pour assurer la sub-
sistance des oiseaux, vous les renfermiez dans une
cage. Ne voyez-vous donc point que pour cet homme habitué à changer de place, toujours allant devant lui sans s'inquiéter où il va, la détention serait le plus cruel des supplices. Il lui faut le grand
air pour qu'il vive ! Les intempéries des saisons

lui font du bien. Il étoufferait dans un palais, et
vous le mettez dans une prison !... Mais c'est comme
si vous enfermiez une plante dans une boîte, un
chat dans une cave. Dans quelques jours vous trouverez votre travailleur mort à côté de son écuelle
pleine. Vous seriez plus humains, si vous ordon-
niez qu'il fût étouffé entre deux matelas : son sup-
plice serait de plus courte durée !

Du reste, supposons que le mendiant puisse vivre
dans vos prisons et travailler. Son travail qu'en
ferez-vous ? Il faudra bien que vous en tiriez parti ;
car où trouveriez-vous, s'ils ne vous payaient eux-
mêmes leur nourriture, des fonds pour les nourrir
et pour acheter sans cesse des matériaux ? Autant
d'ailleurs que vous les employiez à faucher l'air
ou à battre l'eau ! Mais alors vos candidats feront
concurrence aux travailleurs de la localité qui s'en
font eux-mêmes une assez déplorable. L'ouvrage
diminuera nécessairement dans les ateliers, et les
maîtres seront obligés de renvoyer un certain nom-
d'ouvriers qu'ils emploient. Mais alors, ces ouvriers que deviendront-ils ? Nécessairement, pour
ne pas mourir de faim, il faudra bien qu'ils tendent
les mains à la charité publique ; ainsi, ils rempla-

ceront les candidats que M. Avril aura supprimés ;
ainsi il n'aura fait que déplacer le mal ; semblable
à une dartre maligne, chassé d'un côté il repa-
raîtra de l'autre, ce sera, je l'espère un beau résultat !

Pour abolir la mendicité, il faudrait en abolir
la cause. Or, la cause de la mendicité, c'est que le
plus riche accapare toutes les industries et en
chasse le plus pauvre ; c'est qu'une ambition sans
frein, un désir insatiable d'amasser produit une concurrence désordonnée. Or, cette cause, elle est
inabordable, et une réforme sociale peut seule la
détruire. Il faudrait, pour abolir la mendicité, que
vous eussiez pour les infirmes un lieu de refuge,
un hôpital sans verroux, où tout en jouissant de
la liberté de la rue, qui est essentielle à leur vie,
ils reçussent tous les jours leur ration. Mais où
trouver de l'argent pour faire cela? voilà le grelot
à attacher. Pour que ce plan réussît, il faudrait,
que vous vous en mêlassiez.

— Et qu'a répondu le bon dieu, Bras-de-Fer ?

— Il a répondu oui ; mais je ne m'en mêlerai pas.

Pauvres mendiants, on voit bien que vous n'avez point d'influence sur les élections ! Vous, tout ce vous demandez, c'est qu'on vous permette de vivre. Quand ceux auxquels vous déplaisez se contentent de vous repousser du pied, vous leur rendez grâces de leur douceur. Puisque ces réformateurs de gazette veulent des épurations, qu'ils commencent donc par les plus urgentes ? c'est aux plus grands maux qu'on porte les plus grands remèdes ; on ne bouche point les fentes d'une maison qui croule, et quand un homme se meurt de cinq à six maladies, on ne commence pas par le traiter d'un mal blanc qu'il a au petit doigt. En vérité, ces messieurs ressemblent à une réunion de chasseurs qui s'associent pour détruire les animaux nuisibles et qui ouvrent le massacre par les cloportes, parce que c'est un animal immonde.

— Il en parle bien à son aise, cet archevêque de Besançon ! croit-il qu'il soit bien agréable de frotter dans les rues son habit noir, son habit de drap d'Elbeuf, contre les guenilles d'un mendiant ?. Et dans les salons qu'on hante, quand des dames peu belles mais très habillées, vous disent : « M. Avril, vous qui écrivez si bien, vous qui avez tant d'in-

fluence dans le pays délivrez-nous donc des mendiants ! » est-il bien fait de résister à leurs cajoleries ?

— Cependant, maître, les mendiants sont aussi
aises que les dames habillées et que les messieurs
vêtus de noir, de jouir de la liberté ; si le soleil n'est
point fait pour eux, qu'on le leur prouve ! Eh !
mon Dieu, ne faut-il point que nous nous supportions
les uns aux autres ? Dieu détruit-il la chenille en
faveur de l'arbre, et pour obliger l'homme fait à son
image, supprime-t-il la puce, hideux insecte qui
a une pointe d'aiguille dans sa trompe ? Croyez-
vous n'être importun à personne. Le mendiant vous
dégoûte, dites-vous ; mais vous, quand vous passez
près de lui dans la rue, il lui semble qu'on débouche
un pot de pommade à côté de lui, et cela lui fait
mal à la tête. Si ses guenilles frottent votre elbeuf,
votre elbeuf frotte ses guenilles : partant quittes.
En vérité, maître, si vous vous croyez le droit d'in-
terdire le pavé communal à tout ce qui offense le
regard, que n'en éliminez-vous donc les bossus, les
bancals, les manchots, ceux qui clopinent sur deux
jambes de bois, les balafrés, les couturés et même
les gravés de petite-vérole !

— Je vois, Bras-de-Fer, que tu t'es gâté au ciel. Comment toi, né de mon cerveau, oses-tu comparer un mendiant à un homme comme il faut ?

— Ma foi, maître, c'est qu'il n'y a pas d'argile comme il faut dans l'atelier du bon Dieu. Vous êtes semblables aux figurines d'un artiste, qui toutes, rois ou bergers, Thersites ou Antinoüs, sont gâchées de la même terre.

— Tu veux plaisanter, Bras-de-Fer ! si tu avais parlé ainsi dans mes dialogues, tu n'y aurais pas figuré long-temps.

— Non, maître je ne plaisante pas. Si vous doutez de ce que je dis, ordonnez qu'on vous ouvre après votre mort, et vous verrez de là haut si vous n'avez pas un foie, deux poumons, un cœur à deux ventricules, une vessie et une douzaine d'aunes d'intestins comme le mendiant ! Pour moi, j'aime autant voir un mendiant qu'un monsieur, et même il y a chez le mendiant quelque chose de plus pittoresque. Vos messieurs noirs ressemblent à des ombres chinoises qui passent le long des murailles ; mais lui, le mendiant, frappe par son étran-

geté ; il fait contraste avec la foule. J'aime mieux
un mendiant qu'un monsieur, comme j'aime mieux
une vieille ruine noire qu'une mâsure, un vieil arbre dont le tronc est percé, dont l'écorce est en
guenille, qu'un espalier bien taillé collé contre un
mur. Pauvres gens comme il faut, vous croyez être
vous-mêmes, et vous n'êtes que ce que veulent
votre tailleur, votre coiffeur, votre chemisier, votre
chapelier ; vous vous trouvez des êtres bien inté-
ressants et vous n'êtes que des images de modes.
Le mendiant, lui, est tel que Dieu l'a fait, et il n'en
est pas plus mauvais pour cela. Et d'ailleurs, le
mendiant est pour le peuple une leçon vivante de
travail, d'ordre et d'économie. S'il se laisse aller
à l'oisiveté et à la débauche, il a sous les yeux le
sort qui l'attend, car, lui, il n'a pas la ressource de
faire banqueroute. Puis, ces mendiants qui se tiennent sur le passage de vos fêtes, qui passent leurs
grands bras déguenillés entre les fissures de la foule
n'est-ce pas encore un enseignement salutaire qui
vous est adressé ? Ne vous rappelle-t-il point que
si toutes sortes de prospérités peuvent tenir dans
l'existence humaine, elle peut-être aussi affligée
par toutes sortes de misères ; que le riche est comme
ces bouteilles cachetées, qui, après avoir renfermé

un vin délicieux, n'ont le plus souvent pour s'abreu-
ver qu'une abominable piquette....

Un grand bien à faire dans les départements,
ce serait d'y ouvrir, si cela était possible, des ateliers où tout le monde pût trouver de l'ouvrage.
Peu de mendiants, s'y présenteraient, j'en conviens,
car le mendiant est paresseux jusque dans l'intérieur des os ; mais la charité publique ne serait pas
induite en erreur. Quand un mendiant valide viendrait à votre porte, vous lui diriez : « Va-t-en travailler à l'atelier commun ! » Beaucoup de personnes, sans doute, lui tendraient encore un morceau
de pain, car la charité est vraiment une espèce d'é-
goïsme : celui qui fait l'aumône, éprouve encore
plus de plaisir que celui qui la reçoit ; mais , au
moins, il se trouverait signalé comme fainéant, et
sa pitance serait toujours écornée de quelque chose.
Peut-être, le métier devenant plus mauvais, serait-
il moins exercé. Toujours est-il que, pour les mendiants invalides, hors d'état de porter leur besace
et leur bâton, il faudrait un hospice, mais un hospice sans verroux, où ceux qui y seraient admis ne
fussent pas obligés de laisser leur liberté à la porte
et pussent jouir encore de l'air si bon de la rue, et

du spectacle toujours nouveau qu'elle présente.
La détention étant une peine, je ne conçois pas
comment on peut l'appliquer à des innocents. Une
peine sans jugement, voilà, qui bouleverse toutes
mes idées sur la justice. Si tous ces faiseurs de
verroux savaient les douleurs qui sont dans la détention, ils auraient horreur de ce qu'ils méditent !
Pour moi, quand j'entends parler de prendre la liberté à un homme qu'on n'accuse d'aucun crime, je
mettrais volontiers en prison, pour leur apprendre
ce que c'est que la perte de la liberté, ceux qui pro-
posent cette mesure.

Et, comme Saint-Claude avait cesser de parler,
« Claude, lui dit le bon Dieu, voulez-vous faire
comme M. Avril, ne conclurez-vous point ?

— Ma foi, seigneur, je conclus à ce que les choses restent jusqu'à nouvel ordre dans le même état.
Une ambition sans frein, un désir désordonné de
s'enrichir ; ce funeste privilége attaché à la possession de l'argent, jetant tout le monde dans la carrière des spéculations, le travail n'étant point orga-
nisé, le riche chasse le pauvre de toutes les industries ; il n'en veut plus que comme manœuvre ; il

l'exploite, il lui fait gagner deux fois sa journée, et lui donne à peine de quoi se nourrir. Ajoutez à cela que, quand la production baisse, un grand nombre d'ouvriers restent sans pain sur le pavé, et que toujours il paraît quelque machine qui annule les bras des hommes ; vous comprenez que, d'une classe d'individus si misérable, il doit sans cesse se détacher des groupes de mendiants. Au lieu donc de s'adresser à l'effet, c'est la cause qu'il faudrait attaquer ! Mais, cette cause, elle est maintenant inabordable : il faudrait une organisation nouvelle du travail pour la détruire. Essayer d'abolir la mendicité, c'est balayer une grande route pour en enlever la poussière. Vos philanthropes de là-bas ressemblent à un homme qui, pour tarir une source, aurait sous son jet nuit et jour un tonneau.

Voilà, maître, ce qu'a dit saint Claude !

C. TILLIER.

Nevers, Imp. de C. SIONEST, rue du Fer, 16.

UN PEU

DE THEOLOGIE

ET D'ARCHITECTURE.

Ce n'est ni un avoué, ni un banquier qui meurt.
C'est moins que rien : c'est un pauvre artiste no-
made qui vient prendre à Clamecy un dernier gite,
qui vient nous demander pour chevet un peu de
notre froide et lourde terre. Je vous l'ai déjà dit :
c'est moins que rien ; c'est une palette chargée encore de couleurs qui tombe ; c'est un pinceau encore
plein d'images qui se délie. Cela ne vaut pas la
peine que M. le Curé se dérange et que messieurs
les artistes du lutrin passent leur surplis.

Cependant on va trouver M. le Curé. On lui dit :
« Un homme est mort ; il ne laisse qu'une femme,
un caniche et des dettes : nous nous sommes coti-
sés pour que la misère ne le tuât pas avant la maladie ; mais enfin il est mort : voulez-vous l'enterrer gratuitement , ou faut-il nous cotiser encore ? » M. le Curé, qui était ce jour-là en humeur
de bienfaisance, répond qu'il enterrera gratuitement.

Ici ce n'est pas la coutume de laisser un malheureux prendre seul le chemin de sa fosse. Des citoyens
honorables, tout ce qu'il y a d'un peu artiste dans
la ville, se rendent au convoi. Mais que donne M. le
Curé ? — Là croix de bois, ce vil suaire qu'on jette
avec dédain sur la bière des plus pauvres , un vi-
caire, le sacristain, et pour appoint un petit enfant
de chœur !

Je sais bien que, pour l'artiste, cette parcelle du
clergé vaut autant que trois prélats. Peu importe
à l'artiste, au séjour où il est, la petite avanie faite
à son cadavre ! Le papillon , quand il déploie ses
ailes, s'inquiète-t-il de ce qu'est devenue sa gros-
sière enveloppe ? Qu'est-ce, d'ailleurs, qu'un cercueil ? un paquet que l'on adresse à Dieu. Que le

paquet soit enveloppé d'un tissu précieux ou d'une toile d'emballage, il arrive toujours à son adresse.

Mais pour M. le Curé ce n'est pas la même chose. Cette espèce de dédain qu'il affecte pour une honorable misère est un procédé peu canonique. M. le Curé me fait ici l'effet d'un fesse-mathieu auquel un mendiant de bonne maison vient, en présence d'une nombreuse société, demander l'aumône, et qui lui donne le liard le plus démonétisé qu'il peut trouver dans son escarcelle.

Pour moi, si j'avais l'honneur d'être l'ami de M. le Curé, je lui aurais dit : « Voici une bonne occasion qui se présente d'être agréable à vos ouailles. Vous êtes bien celui de tous les habitants de la paroisse qui vous trouvez dans la meilleure position pour exercer la bienfaisance. Vous pouvez non seulement l'exercer sans bourse délier, mais encore avec bénéfice : car enfin vous avez les gros sous de l'offerte qui vous reviennent. Si vous ne voulez rien faire pour ce pauvre malheureux, faites au moins quelque chose pour ceux qui l'accompagnent. Ces messieurs sont de bonnes pratiques : les uns auront incessamment besoin d'un mariage, et quelques-uns, hélas ! peut-être d'un enterrement.

Vous avez dans votre garde-meuble une croix d'argent, des chandeliers d'argent, des bouts de cierges
qui ne vous coûtent pas cher ; donnez tout cela à
leur artiste. Que diable ! il ne vous passe pas tous
les jours un artiste par les mains ! Avez-vous donc
peur qu'il ne vienne de temps en temps un artiste
mourir à Clamecy, exprès pour user votre croix
d'argent ?

Pour la religion non plus ce n'est pas la même
chose. La religion souffre toujours un peu des petits scandales que donnent ses prêtres. Cela fait ré-
fléchir et quelquefois blasphêmer. Moi-même qui
suis un homme simple, un vrai croyant, un homme
d'ailleurs qui ne se dégoûte pas d'un bon ragoût
pour un cheveu qui s'y trouve, le tentateur m'ap-
paraît quelquefois sous la forme d'une objection, et
nous causons.

— C'est une sotte dépense ; me disait l'autre
jour cet infâme, de se faire enterrer par les prêtres.
Un bon acte mortuaire et l'adjoint, voilà tout ce
qu'il faut. Ou le défunt est absous, ou il est condamné ; dans les deux cas, l'enterrement religieux
est tout-à-fait inutile. Plaide-t-on encore pour un
homme déjà jugé ? Vous dites que les décrets de

votre Dieu sont immuables, et vous vous flattez ,
avec une cinquantaine de versets et de répons, de
les lui faire révoquer. Vous n'êtes pas d'accord avec
vous-même. Si vous obteniez d'un juge, à force
de prières, qu'il revînt sur son arrêt , vous diriez
en vous-même : Ce juge est un imbécile. Croyez-
vous donc que Dieu ait moins de fermeté qu'un
juge? Pour moi , qui suis le démon, si j'étais Dieu,
je dirais aux prêtres : « Vous savez que cet homme
est jugé ; pourquoi me faire avaler encore à son
intention les fausses notes de vos chantres et la fumée de vos cierges? Croyez-vous que je n'aie autre
chose à faire que d'écouter votre plain-chant? Et
ces fleuves qui labourent vos cités , et la terre qui
tremble et oscille comme un navire au roulis de la
mer , et ces villes qui s'abîment au milieu des
flammes , et cette comète qui menace de briser
votre globe comme une coquille d'œuf, dont il faut
que je règle la course vagabonde !... Éternels ba-
vards, laissez-moi tranquille ; vous me rendez la
divinité insupportable ! J'aimerais mieux être sans
vous prince de Monaco, qu'avec vous le maître du
ciel et de la terre. » Qu'auraient à répondre les
prêtres, si ce n'est qu'ils ont une fabrique à entretenir et qu'ils veulent gagner de l'argent ?

— O tentateur ! lui ai-je répondu, ou sois plus circonspect en tes paroles, ou éloigne-toi ; car tu me scandalises. Si l'enterrement religieux n'était qu'une vaine formalité, est-ce que les prêtres nous le vendraient si cher ? Polisson que tu es, prends-tu le clergé pour un charlatan qui vend du suif pour de la graisse d'ours ? Oui, deux fois oui, vingt fois oui, cent fois oui, l'enterrement religieux est nécessaire ! Mais, dis-moi, un enterrement de luxe a-t-il plus d'efficacité qu'un enterrement à bon marché ? C'est une question d'économie domestique sur laquelle je serais bien aise d'être fixé.

— Toi qui me fais cette question, répliqua le tentateur, tu me demanderas bientôt si une messe de cathédrale a plus de valeur qu'une messe de village ; si Dieu est plus présent dans du vin de Bourgogne que dans votre vin de la Croix-Pataud. Eh ! pourquoi un enterrement de six francs n'en vaudrait-il pas un de quatre-vingts ? Ce sont les mêmes versets, les mêmes répons, c'est le même Dieu qu'on porte devant les deux cercueils. Crois-tu donc qu'on achète une bonne place au paradis comme au théâtre ? que les riches verront Dieu de face, et les pauvres seulement de profil ? Où est-il écrit que le royaume des cieux est une hôtellerie où l'on est mieux ou moins bien accueilli, selon l'équipage avec lequel on arrive. Et, à ton tour, insolent pamphlétaire , prends - tu saint Pierre pour un commis d'octroi, pour un gardeur de pont qui ne laisse rien passer sans qu'on ait payé l'entrée ?

— Pour cette fois , ô tentateur, répondis-je à l'objection, tu dis vrai. C'est une folie d'acheter à grands frais , pour des dépouilles qui nous sont chères, les honneurs d'un magnifique convoi, puisque ce supplément de dépense ne doit profiter qu'aux prêtres. Si j'étais fils inconsolable ou veuve éplorée, je me dirais : De l'argent que je donnerais au curé, il vaut mieux que je paie les fioles du pharmacien ou les habits de deuil du marchand d'étoffes. Si j'ai quelque chose de reste, je le distribuerai en aumônes. Avec mon argent , M. le Curé achèterait peut-être, comme le dit Lafontaine, une feuillette du meilleur vin des environs ; mais certes, un pauvre, rassasié et habillé de neuf, doit être auprès de Dieu un meilleur plaidoyer pour celui dont nous héritons, qu'un prêtre qui boit du vin rouge. Pour moi , que Dieu m'appelle à lui quand il voudra et me donne la fortune qu'il voudra, je veux être en-

terré par M. Clément, qui est un homme selon mon
goût, et par le sacristain que je trouve magnifique en surplis. J'engage mes amis à en faire
autant. Si nous n'avons pu être économes pendant notre vie, soyons-le au moins après notre mort.
C'est d'ailleurs une bonne économie que celle qui
n'impose aucune privation. Mais dis-moi, objection, puisque ces deux sortes de convois ne sont pas
meilleures l'une que l'autre, pourquoi les prêtres
ont-ils des convois de deux sortes ?

— Tu es bien de Clamecy, me répondit un peu
insolemment l'objection, toi qui me demandes cela !
Eh parbleu ! c'est parce que les uns sont un casuel
plus productif que les autres. Un pharmacien à dans
sa boutique des herbes cueillies autour de sa maison, dans son jardin, et qui guérissent ; il en a
d'autres venues de pays lointains, et qui guérissent également. Il abandonne les premières au
pauvre pour quelques pièces de monnaie, au riche
il réserve les secondes, et lui dit : « Vous, monsieur,
qui êtes un homme comme il faut, voilà ce qui
convient à votre noble organisation ; vous ne pouvez vous guérir qu'avec ce précieux spécifique. » Les
prêtres font à peu près la même chose. Cela est
reçu dans le commerce.

Il y a plus ; ces marchands de superbes convois vous induisent en tentation ; ils vous vendent sciemment des choses nuisibles. Ces cloches qui répandent bruyamment par la ville leurs lamentations, ces colonnes habillées de deuil , ces cierges qu'on fait brûler autour du cercueil , ces magnifiques draperies dont on revêt un peu de puanteur et de corruption ; la mort , cette vieille carcasse, qu'on attiffe d'une manière coquette , dont on fait une femme comme il faut ; ces larmes d'or avec lesquelles le riche pleure son trépassé : tout cela c'est la vanité des vanités, et tout cela est vanité ! C'est un orgueil d'autant plus répréhensible, que c'est en présence du néant le plus évident de l'homme qu'il étale ses pompes. En voulant fléchir Dieu , on l'irrite. C'est une pincée de cendres qui le brave, qui lui dit : « Tu n'as pu tout m'ôter ; je serai malgré toi un personnage important jusqu'au bord de ma fosse ». Les martyrs n'ont point eu de cercueil : ils n'ont eu d'autre sépulture que les gémonies des païens, que les colonnes où on les attachait en guise de flambeaux , pour éclairer de leur graisse les orgies nocturnes d'un tyran plein de sang et de Falerne. Ces reliques que vous adorez, ce sont des membres torturés par le bourreau, traînés dans

les rues, exhumés des égoûts, des lambeaux arra-
chés aux chiens; et un bourgeois qui n'a jamais
jeûné, qui n'a pas seulement fait maigre le vendredi, qui n'avait d'autre cilice qu'un bon gilet de
flanelle, veut être enterré magnifiquement! et il se
trouve un curé qui se prête à cette folle idée! Que
prouvent donc toutes ces pompes funébres ? Que le
défunt était riche, que ses héritiers font une bonne
succession. Eh bien! mettez un sac d'argent sur son
cercueil, cela prouvera tout autant, et du moins la
dignité de la religion ne sera pas compromise.

Prêtres, représentants de Dieu sur la terre, que
veulent dire ces distinctions que vous établissez entre
la pourriture du riche et celle du pauvre. Quoi!
Dieu aussi adresse de petites cajoleries à la richesse!
il fait l'empressé avec elle, il lui fait la révérence au
seuil de l'éternel séjour! «M. l'avoué, dit-il à celui-
ci, veuillez passer ici, vous y avez une place réser-
vée; M. le banquier, dit-il à celui-là, n'allez pas de
ce côté, c'est un faubourg du Ciel, c'est le quartier des pauvres qui sont arrivés ici sous un vil linceul.» Si vous croyez, prêtres, devoir de la défé-
rence aux riches, ôtez-leur votre tricorne, quand
vous les rencontrez; cédez-leur le pas à l'entrée des

salons; reconduisez-les jusqu'au milieu de la rue,
mais n'abaissez pas la croix devant eux, car sur
cette croix est l'image de Dieu, car cette croix,
c'est le symbole de l'égalité comme celui du salut!
C'est le gibet où Dieu est mort pour tous. Dieu ne
distingue pas le riche du pauvre, l'or de la boue; il
ne distingue que l'homme juste du méchant. Vous,
cirons vaniteux, qui vous croyez des atômes plus
gros que nous autres, voyez en automne les feuilles
se détacher tristement de leurs tiges, les flocons de
neige descendre silencieusement vers la terre. Ainsi
tombent les hommes, sans faire, en tombant, plus
de bruit à l'oreille de Dieu, le bourgeois que le
paysan.

Ceux que Dieu a fait naître égaux, ceux qu'il
voit égaux, qu'il traite en égaux, de quel droit les
prêtres les divisent-ils en hommes à petit collége et
à grand collége, à petit glas et à gros glas! les petits, cotés pour une aumône secrète, les grands, pour
un dîner de confrères. Si la religion a des honneurs
à décerner, que ne les réserve-t-elle pour ces chrétiens d'élite qui ont édifié les hommes par leurs vertus? N'est-ce pas un scandale de voir le fripon qui
a fait fortune mieux enterré que l'honnête homme

resté pauvre ; celui qui va en enfer, escorté plus
honorablement que celui qui va au ciel ? Jésus-Christ
ne doit-il pas se dire : Si je mourais encore pour
ces marauds, ils me donneraient à peine un demi-
collége ?

Les Egyptiens qui n'étaient que de pauvres ido-
lâtres, jugeaient leurs morts avant de les admettre
aux honneurs de la sépulture. Les Pharaons eux-
mêmes, dépouillés de leur pourpre, comparaissaient
en simples bandelettes devant ce suprême tribunal.
Les prêtres du vrai Dieu devraient bien en faire autant.
N'est-il pas triste de penser que si M. *** avait la
manie des prêtres, comme il a celle des écus, il en
aurait une légion à son enterrement? Non que j'accorde aux prêtres le droit de refuser la sépulture
chrétienne à qui que ce soit : ils sont payés par tous,
pour prier pour tous ; mais quand les héritiers d'un
homme taré, d'un fripon de notoriété publique, d'un
banqueroutier qui a fait son luxe de l'aisance de
cent familles, viennent leur commander un riche
convoi, ne pourraient-ils pas leur dire : « Les ma-
gnificences de l'église ne sont pas pour monsieur
votre père ou monsieur votre oncle. Nous prierons
pour lui, parce que nous y sommes obligés ; mais

nous ne l'honorerons pas devant le peuple : cela se=
rait d'un trop mauvais exemple. »

Et que dire encore de cette offerte ajoutée à tout
mariage et à tout enterrement? de ce cadeau de
dragées que reçoivent les prêtres quand ils baptisent
un enfant? de cet autre cadeau d'argenterie, qu'ils
se laissent offrir lorsqu'ils font, comme ils disent,
des premières communions ! Dieu, s'il pouvait rou-
gir, ne rougirait-il pas de voir ses ministres accep-
ter un ignoble pour-boire, comme un postillon ?

Comment se fait-il donc que le sacerdoce, ces
sublimes fonctions venues du ciel, soit descendues
au niveau d'une industrie? Jésus-Christ chassait
les vendeurs du temple, et la sacristie est un comptoir où chacun marchande et choisit, selon ses facultés, les cérémonies du culte ! Quelle vénération
peut-on avoir pour ce clergé moitié pontife et moitié
marchand ? L'homme de la sacristie ne fait-il pas
tort à l'homme de la chaire? et peut-on regarder
comme la voix de Dieu, cette voix qui tout à l'heure
vous additionnait un mémoire? Aussi écoutez
comme le peuple parle des prêtres. Ils ont, dit-il,
une bonne boutique, un bon négoce; leur commerce
va toujours, et leur marchandise ne dépérit pas.

Je sais bien qu'il faut que les prêtres vivent de l'autel, j'accorderai même qu'il faut qu'ils soient gras. Mais pourquoi ne sont-ils pas rétribués complètement et suffisamment par le gouvernement comme les autres fonctionnaires? Pourquoi même ne le seraient-ils pas par les communes? Qu'était-ce que la dîme, sinon les prêtres exorbitamment rétribués par les communes ? De cette façon les cérémonies du culte seraient les mêmes pour tous ; les choses saintes ne seraient pas vendues ; on ne verrait plus une famille qui vient de perdre son chef, celui qui la faisait vivre, obligée d'abandonner au prêtre, pour le faire enterrer, le dernier morceau de son pain.

Et pourquoi les prêtres voudraient-ils être riches? Jésus-Christ a dit : il est plus facile à un chameau de passer par le trou d'une aiguille, qu'à un riche d'entrer dans le royaume des cieux. S'imaginent-ils que le trou de l'aiguille est grand comme une porte cochère, ou que le chameau n'est pas plus gros qu'un ciron. Ou Jésus-Christ ne savait ce qu'il disait, ou les prêtres ne savent ce qu'ils font; ou les prêtres se damnent de gaîté de cœur, ou ils ne croient pas à l'Evangile.

Si Jésus-Christ avait voulu de magnifiques ha-

bits, un palais, une litière, un chef de cuisine, son
père céleste lui aurait donné tout cela. Cependant
toutes ces jouissances que fait la richesse, il les a
repoussées. Quoi ! le maître a voulu être pauvre,
et les serviteurs veulent être riches ! Le maître allait
sur un âne, et les serviteurs vont en carosse ! le
maître était vêtu simplement, et les serviteurs
sont vêtus de soie et de dentelles comme de vieilles
dames ! Le maître n'avait ni feu ni lieu ; il eût été,
s'il eût vécu de nos jours, poursuivi comme mendiant par le parquet, et les serviteurs veulent des
palais ! Le substitut du procureur du roi eût dit en
parlant du maître : Nous réquérons contre le nommé
Jésus, fils de Joseph et de Marie, l'application de
l'article 174 du code pénal ainsi conçu, etc. etc. etc.,
et les serviteurs souffrent qu'on les appelle *monsei-
gneur* !

Voilà ce que dit le tentateur. Pour moi, de peur
que les béates, qui se croient saintes, parce qu'elles
mangent de la carpe frite le vendredi, n'aillent partout chuchottant que je suis un impie, je me hâte
de déclarer que j'aime Jésus-Christ.

Allez, c'est chez Jésus-Christ, surtout, qu'il y a

du Fénélon et du saint Vincent-de-Paule ; toujours
et partout, soit qu'il marche sur les palmes fleuries,
soit qu'il aille courbé sous sa croix, il est, pour
l'homme comme pour le chrétien, un sublime modèle.

L'auréole qui rayonne sur son front, il ne s'en
aperçoit point ; il est humble avec les humbles, petit
avec les petits. C'est un père qui se baisse pour faire
marcher son enfant ; mais en présence des docteurs
et des scribes, des grands et des orgueilleux du siècle, il se relève de toute sa hauteur, il les flagelle
de ses sarcasmes, il les enveloppe entre les replis de
ses admirables paraboles, il les tient haletants entre
les dures tenailles de son inflexible logique, et il les
rejette à la porte de leurs synagogues, tout meurtris
et avec leurs oripeaux de vertu mis en pièces !

Ces pompes hautaines dont s'entourent les prélats et les grands dignitaires de l'église, il les dédaigne ; il ne fait point venir sur son passage des
hommes armés et des sonneurs de trompette : le
peuple seul se presse autour de lui. Ces lépreux
que l'on repousse du pied dans la rue, peuvent toucher le bord de son vêtement, et ils sont guéris de
leur souillure.

Il y a dans sa bonté quelque chose de tendre, de chaud qui fond en tièdes ruisseaux d'amour la glace du plus dur égoïsme. Quand il ordonne, il met dans sa parole une telle autorité de raison et de sagesse, que devant lui le murmure est impossible, et que la volonté la plus rebelle se courbe comme un roseau sur lequel il appuierait sa main. Sa grandeur est sans prétention, il ne l'étale pas plus qu'il ne la dissimule; il ne recherche les acclamations ni ne les évite; il dédaigne cette vaine modestie qui semble dire : Admire-moi, parce que je suis modeste. Il est toujours au milieu du peuple, comme s'il était seul; il sait ce qu'il est, il ne veut pas paraître autre chose.

Sa philosophie n'est point celle des anciens sages qui ne s'adressait qu'à quelques hommes d'élite, qui prenait un individu à part et lui enseignait à être vertueux : la sienne s'adresse aux masses. C'est la réforme sociale qu'il prêche, c'est la réhabilitation de l'homme qu'il veut.

La terre est un vieux palais souillé, et il vient le nettoyer de ses ordures. Quand Rome étreint le globe de sa chaîne immense, quand ses empereurs passent sur le monde comme un cavalier qui galop-

perait sur les têtes de la foule, il proteste hautement
contre l'omnipotence du sabre et des sesterces.

Il a dit aux maîtres : Ces hommes dont vous vous
êtes fait un troupeau et que vous appelez vos esclaves, ils sont vos égaux ; à ceux qui sont gorgés
d'opulence et qui ont dans leurs palais les richesses
de toute une province : Ces pauvres qui ramassent
dans la poussière les miettes de vos festins, ils en-
trèront dans le royaume des cieux, et vous, vous
serez jetés comme un vil copeau, comme une ordure
qu'on balaie de la maison, dans les flammes éternelles !

Lui qui fait pousser l'or dans les graviers de la
terre, il a voulu honorer la pauvreté en vivant de la
vie des pauvres ; c'est sur l'escabelle du pauvre qu'il
s'assied, c'est sous le toit du pauvre qu'il s'abrite,
c'est pour le pauvre qu'il fait des miracles, ce sont
des pauvres qu'il choisit pour recevoir ses divins
enseignements et les répandre ensuite parmi les
peuples de la terre ; et quand sa mission est accomplie, c'est encore de la mort du pauvre qu'on per-
sécute, qu'il veut mourir !

Son gibet n'est pour lui un objet ni d'orgueil ni

de honte; il ne fait point un spectacle de sa mort, il ne jette pas au peuple, du haut de sa croix, des maximes philosophiques; mais avant de rendre le dernier souffle, il absout un malheureux que les hommes ont condamné, et lui ouvre les portes du ciel.

En quittant la terre il y a encore laissé, comme un magnifique enseignement, le gibet sur lequel il est mort. Il a voulu que du haut du Capitole, ce gibet dominât le monde, afin que les persécutés sussent bien qu'au bout des persécutions est la gloire, et que les persécuteurs apprissent aussi qu'ils ne peuvent faire périr une vérité sous le sabre de leurs soldats et qu'elle sort tôt ou tard triomphante du sang où ils croyaient l'avoir noyée !!!

Maintenant j'ai dit, et je prends acte de mes paroles; qui osera insinuer, parce que j'aime Jésus-Christ, que je n'aime pas la religion qu'il a enseignée?

Toutefois, je dois déclarer, pour être juste, que M. le curé de Clamecy, est le prétexte plutôt que la cause de ces réflexions. Remercions-le d'avoir donné, au lieu de le blâmer de n'avoir point donné assez; car enfin il pouvait ne rien donner du tout.

A présent un mot de notre égl...., de notre basilique voulais-je dire, car je ne veux pas indisposer le conseil de fabrique contre moi.

N'est-ce pas, qu'elle devait être belle notre basilique, quand elle avait toutes ses dentelles; quand ses guirlandes de vigne sauvage et d'acanthe avaient toutes leurs feuilles; quand ses saints avaient tous leurs têtes; quand sa tour vomissait la pluie par les gueules béantes de ses monstres! N'est-ce pas que l'an passé elle était belle encore, avec son portail mutilé mais encore si élégant, si riche; avec ses deux flèches de pierre qui s'élancent à droite et à gauche du portail, semblables à deux rochers capricieusement sculptés par la foudre; avec sa tour si svelte, si légère, si bien habillée; sa tour pareille à un ange qui, prêt à remonter vers le ciel, a encore un pied

sur la terre. Hélas ! après avoir passé par le mar-
teau de nos terribles iconoclastes de 93, qui se sou-
ciaient aussi peu de guillotiner un saint qu'un traître,
il ne lui restait plus que d'être restaurée par M. R...!

Voici comment cet accident est arrivé à notre basilique. La basilique de Clamecy, comme dit M. Dupin, a l'honneur de faire partie des monuments à
conserver. Elle a besoin d'être restaurée; le conseil
municipal et M. Dupin sont d'accord sur ce point.
On fait venir M. U.., un des habiles de Paris. M. U..
examine, il mesure, et il est de l'avis de ces messieurs. La ville et le gouvernement se cotisent; on
met trente mille francs à la disposition de M. U..,
et M. U.. retourne à Paris, et il envoie ses plans,
et il charge M. R..., conducteur de la grand voirie, de les faire exécuter. Voyons donc comment
M. U.. a employé nos trente mille francs.

Voilà d'abord, dit M. R... , un magnifique jubé,
un vrai chef-d'œuvre en pierres de taille, posé entre
les jambes de notre nef de peur qu'elle ne s'écartèle.
Votre nef peut tomber, nous n'en répondons pas;
mais si votre jubé tombe, c'est moi R... qui en ré-
ponds. D'ailleurs, vous pouvez le mettre à l'épreuve.
Hissez dessus un couplet de l'épithalamiste Révol,

deux ou trois calembourgs de M. Paillet, l'adresse
de M. Dupin, et je réciterai sous cette énorme pres-
sion toutes les litanies des saints.

Homme audacieux ! et s'il vous tombait sur la
tête un calembourg de M. Paillet ou un paragraphe
de M. Dupin ? Mais dites-moi, M. R..., vous êtes-
vous aperçu que votre magnifique jubé n'avait
qu'une galerie.—Si nous nous en sommes aperçu...
répond M. R.... Mais vous-même, architecte de
pamphlets, ne vous apercevez-vous pas que notre
jubé n'est fait que pour être vu du côté des grandes
portes. Le regarder en autre sens, ce serait manquer
aux notions les plus simples d'architecture. Ce serait
manquer en même temps de respect à M. U.. qui
est bien décidé à demander raison à qui le regarde-
rait ainsi.

En tous cas, M. U.. aurait bien dû faire son
jubé de façon à ce qu'il ne fût point vu du tout.

— Voilà encore, poursuit M. R..., un magnifique dallage inventé par M. U.. et exécuté par moi.

Voyez comme ces losanges que j'ai fait tracer
au ciseau font bon effet ! Vous diriez la croûte d'un

grand pain bénit. Et pour ce beau travail de conso-
lidation vous en êtes quittes pour la bagatelle de
quatre millefrancs. C'était, du reste, une réparation
indispensable. Ces vieilles pierres estropiées et bos-
sues étaient des pierres d'achoppement pour plusieurs. M. Paillet, se rendant l'autre jour à la sacristie, a failli s'y estropier de sa canne, et sa pose a été
un instant dérangée.

Certes, je serais fâché qu'il arrivât malheur soit à
M. Paillet, soit à sa canne. Toutefois, M. R...,
votre magnifique dallage me semble un peu cher.
Et que coûterait donc une église que vous cons-
truiriez tout entière? Vous ne seriez pas à deux
mètres du sol que la commune serait ruinée. Puis,
s'il faut vous dire tout, ces vieilles dalles contem-
poraines de l'église et jaunes comme des feuilles de
cuivre, ces vieilles dalles que nos ancêtres avaient
usées, et qui gardaient encore quelques syllabes ef-
facées de leurs noms et de leurs titres, je les trouvais, moi, plus poétiques que vos pierres neuves.
Vous avez séparé d'un coup de pioche le passé du
présent. Vous avez rajeuni ce qui devait rester
vieux : il y avait entre les pierres de ce pavé, les
pierres de ces colonnes et celle de ces arceaux, un

air de famille que vous avez fait disparaître; et que
diriez-vous, M. R..., si vous faisant restaurer par
quelque charlatan, il vous rajeunissait la moitié
d'une joue.

Et cette pente, M. R..., que vous avez donnée à
votre dallage, depuis le chœur jusqu'au portail,
que signifie-t-elle? est-ce une pente symbolique et
mystérieuse, un hiéroglyphe, une figure, un rébus,
ou tout simplement une pente comme celle que vous
faites exécuter sur les grandes routes, et pratiquée
pour l'écoulement de l'eau bénite et des fidèles.

Et nos portes! nos pauvres portes, qui avaient
une teinte dorée si bien d'accord avec le reste de l'é-
difice, qui semblaient toujours illuminées par les
rayons du soleil, avec quelle rigueur les avez-vous
traitées? Profane que vous êtes, vous les avez fait
peindre en vert bouteille, comme des portes de re-
mise! Dites-moi, n'avez-vous pas quelquefois des
remords d'avoir aussi barbouillé de suie les apôtres
sculptés sur ces antiques panneaux? Vous êtes bien
heureux que la loi sur le sacrilége soit abolie. Je
suis sûr que si vous n'étiez pas allié à la bourgeoisie
par madame votre épouse, Dieu vous eût condamné

à la peine du talion. Mais vous n'en êtes pas encore quitte ; peut-être qu'il vous attend à la seconde couche. Et vous, M. Senet, vous le David de la peinture en bâtiment, comment avez-vous pu vous décider à vous faire l'instrument de ce nouveau martyre, l'exécuteur des hautes œuvres de M. R...? Comment, à l'aspect de ces vénérables effigies qu'il vous fallait barbouiller comme on fait des hommes ivres, n'avez-vous pas jeté votre pot de couleur et votre pinceau loin de vous, et n'avez-vous pas pris la fuite en vous écriant « : Non, je ne puis peindre en vert bouteille les grandes portes de l'église Saint-Martin! » Et vous, M. le curé, comment ne vous êtes-vous pas rendu sous le portail de l'église avec votre clergé et votre conseil de fabrique, croix et bannière en tête, et n'avez-vous pas dit à M. Senet: « M. Senet, avant d'arriver à ces portes, il faudra que vous mettiez en vert bouteille moi et ces messieurs, les chantres inclusivement?» Et vous, saint Martin, infortuné patron de l'église restaurée, comment n'êtes-vous pas descendu du ciel, et avec votre terrible sabre n'avez-vous pas fait une botte d'allumettes du pinceau de M. Senet !

Hélas ! notre pauvre portail n'a pas été restauré

avec plus d'égards que nos portes. Il ne prêtait cependant à la restauration que par une pierre ou deux
effeuillées par la gelée. Mais la devise de M. R...
c'est : Ce qui me tombe entre les mains, je le res-
taure. Venez donc voir, M. U.., le bel effet que produit votre lourd emplâtre de pierres de taille sur
cette surface si légèrement sculptée. Vous diriez une
pièce neuve mise à un vieil habit. Est-ce donc ce
que nous devions attendre d'une restauration de
trente mille francs ? M. Dupin ferait bien de réser-
ver sa protection pour la basilique de Gacogne. On
nous a imposés pour restaurer notre église, mais
nous nous imposerions bien encore plus volontiers,
pour qu'on nous la refît ce qu'elle était. Un homme,
un célèbre comédien, aima mieux mourir que de
porter une jambe de bois. Si M. Dupin eût consulté
notre église, elle eût été probablement de l'avis de
cet homme de goût.

Mais admettons que cette couche de vert-de-gris
dont vous avez empâté nos portes soit une consoli-
dation; admettons, si vous le voulez, que les sculptures que vous avez abattues pour poser vos pierres
le taille fassent vivre notre église dix siècles de plus;
quel effet attendez-vous donc de ces 7 à 8 mille fr.

de terre que vous avez fait enlever sur l'emplace-
ment de l'ancien cimetière? Convenez-en, vous avez
fouillé le sol pour le plaisir de le fouiller, peut-être
parce qu'il vous restait quelque chose de vos trente
mille francs et que vous vous croyiez obligés de les
dépenser jusqu'au dernier liard, comme un paysan
se croit obligé de vider son verre jusqu'à la dernière
goutte.

C'était, dites-vous, pour asssainir l'église. Grand
merci du soin que vous prenez de notre santé ! mais
dites-moi, depuis les sévices que vous avez exercés
sur notre place, M. le curé est-il plus blanc et plus
rose ? les béates ont-elles refleuri ? M. Vivier dit-
il, d'un poumon plus vigoureux : « Pour la fabrique,
s'il vous plaît ? » Le conseil municipal pleure sans
doute ses sept mille francs ; pour moi, ce que je regrette ce sont ces beaux marronniers qui épandaient
une ombre religieuse le long de l'église, et éparpil-
laient les rayons du soleil sur les dalles de la nef.
M. Gobeau aura beau faire des transparents, il n'en
fera jamais qui vaille celui-là. Dire qu'il faut à Dieu
trente ans pour faire pousser un bel arbre, et qu'il
ne faut à un architecte que quelques coups de pioche
pour le jeter bas !

Il y a un ignoble appentis, attaché après coup au
flanc de notre église pour servir de sacristie et qui
sert en même temps de chapelle au collége. C'était
cet appentis, M. U.., qu'il fallait faire disparaître au
lieu de nos beaux marronniers. M. le curé qui est
homme de goût vous eût applaudi comme nous. Et
lui, M. Durand, ce brave officier de l'Université, que
nous voyons les jours de fête se frayer intrépidement
à la pointe de son parapluie un passage vers sa chapelle, où il n'arrive, le pauvre homme, qu'après avoir
mouillé son gilet de flanelle, que d'actions de grace
il vous eût rendues ! Mais vous avez fait comme cet
opérateur distrait qui vous laisse la dent cariée qui
vous faisait souffrir, et vous arrache une dent saine
et blanche, l'honneur de votre mâchoire. Prions
Dieu pour que M. U.. soit une autre fois moins
distrait.

C. TILLIER.

DE LA POÉSIE.

Fragment.

Au collége je faisais des vers; depuis ce temps jusqu'à trente-cinq ans, j'ai toujours eu une pièce de vers sur le métier, vers perdus, foulés aux pieds par mes enfants, balayés par ma femme de ménage, transformés souvent par ma femme en notes de blanchisseuse, et dont aucuns n'ont eu l'honneur d'être inhumés sous une couverture. L'*Echo de la Nièvre*, lui, a du moins l'avantage d'être lu par trois personnes : par son rédacteur, par l'ouvrier qui le compose et par le prote qui corrige les épreuves.

Mais hélas ! vous , mes pauvres vers , à peine avez-vous été lus par votre auteur. Cependant, je ne conçois pas comment un homme qui a le goût d'écrire, peut écrire en vers plutôt qu'en prose ; il a deux chemins devant lui : l'un difficile , sans doute , mais où pourtant on peut encore faire par jour, quand on a le jarret fort, une bonne traite ; l'autre tout raboteux, tout embarrassé de pierres , tout entrecoupé de fossés , et mon imbécille qui n'est pourtant pas trop ingambe, choisit ce dernier ! Mais votre pensée est-elle donc si libre, si alerte, qu'il faille nécessairement que vous lui attachiez au pied le boulet de la versification; la prose est-elle trop facile pour vous , et en vous en servant craindriez-vous de trop bien faire ? Vous voulez faire un panier ; pourquoi donc, quand vous avez de l'osier sous la main , prenez-vous pour le tisser un gros fil d'archal ? Vous avez pour vous le mérite de la difficulté vaincue ; mais peu m'importe le mérite de la difficulté vaincue ! Celui qui met une plume en équilibre sur son nez a ce mérite à un plus haut degré que vous ; et pourtant croyez-vous que je le tienne pour habile homme ? Les écrits s'estiment par leur mérite et non par les difficultés qu'il a fallu vaincre à leur auteur. On ne demande point, quand une œuvre est mauvaise , ce qu'elle a coûté de travail à son auteur, et la *Chasse du Burgrave* , si difficile à rimer pour tout autre que pour Victor Hugo, n'est toujours pour moi qu'un ramas de vers ridicules. D'abord, quel avantage trouvez-vous donc à garrotter votre pensée des liens de la versification ? Quand vous avez une course pédestre à faire , prenez-vous des bottes qui vous gênent au lieu d'une chaussure large et commode, ou voulez-vous, au lieu d'aller tout droit à Jérusalem, faire comme ces pélerins qui avançaient de trois pas et reculaient de deux ? De bonne foi, croyez-vous que ces petits bouts de phrases que vous coupez à peu près de la même longueur, et que vous faites sonner l'un contre l'autre à peu près comme une paire de cymbales, ajoutent à la beauté de votre style ? Ce mot : « La garde meurt et ne se rend pas, » en est-il moins sublime pour avoir été dit en prose ? Et cette pensée :

> Le Dieu qui met un frein à la fureur des flots
> Sait aussi des méchants arrêter les complots ,

Serait-elle moins belle, si le poète eût dit : Le Dieu........ sait aussi arrêter les complots des méchants ? Vous dites que non. Pourtant elle se compose exactement des mêmes mots. Cela est donc

comme une phrase de nécromancien dont les mots,
pour qu'elle produise son effet doivent être prononcés
dans un ordre invariable. Pour moi, je suis de l'avis
de Michel Zapata, personnage de Scarron, auquel on
demandait et qui répondait très pertinemment :

> . . . . Michel Zapata,
> Ou Zapata Michel ; car il n'importe guère
> Que Michel soit devant ou qu'il soit par derrière.

Vous dites que vos morceaux de phrase caden-
cée sont plus harmonieux que la prose. J'en doute
fort. Cela vous paraît ainsi parce que vous avez l'o-
reille habituée à votre césure et à votre rime. C'est
ainsi que l'habitant des îles du nord trouve de la
douceur au clapotement monotone des flots autour
de leur rochers ; ainsi que le meunier ne saurait
dormir, s'il n'avait le tictac assourdissant de son
moulin. Mais, lisez des vers français à un homme
qui ne connaît point les règles de la versification, il
ne les distinguera point de la prose ; donc il n'y a pas
d'harmonie naturelle dans votre poésie. Et une autre
preuve de cela, c'est que pour que des vers ne soient
pas insipides à l'oreille, il faut, quand on les récite,
en briser la mesure, en effacer la rime, les lire enfin
comme de la prose.

Tu cours après l'harmonie, pauvre poète ; mais laisse-la donc de côté. Tu as beau dire : « Je vais monter ma lyre, je fais résonner ma lyre ? » Tu n'es pas un joueur d'instrument ; courir après l'harmonie et la pensée c'est courir deux lièvres à la fois. L'harmonie te fait toujours négliger le sens ; entre deux mots dont l'un rend mal la pensée mais sonne bien, et un autre qui est quelque peu étrange mais qui la rend très pittoresquement, si tu as à choisir, tu prends le musicien ; pour chanter, tu oublies qu'il faut que tu penses. Si tu as à décrire un champ de bataille, tu prends le plus de mots possible imitant les bruits de la guerre, le son du tambour, le fracas du canon ; tu tâches de leur donner un sens à peu près raisonnable, et voilà ta bataille. J'ai connu un homme avec sept tambours qui en faisait autant. Ton mérite c'est de peindre par des images. Je te paie pour raisonner avec toi : tu prends ton violon, et tu m'en joues jusqu'à me faire tomber en syncope : est-ce là un procédé honnête ? Si je veux de la musique, crois-tu que ne saurais pas en trouver sans ta lyre? Je ne puis vous comparer, avec vos lyres, qu'à ces petits enfants qui battent du tambour dans la rue seulement pour faire du bruit, et sans savoir ce que dit leur tambour.

Qu'est-ce que la poésie ? je ne le sais ; je ne le sais pas plus que ce qu'est l'esprit, le génie, le sublime, le beau. Mais celui qui m'inspire de riantes pensées, qui me saisit, qui me frappe par une vive image, qui a l'art de solidifier pour ainsi dire ses idées et de vous les montrer comme un groupe de marbre, est un poète. Ainsi c'était un poète celui qui a dit : « L'égoïste brûlerait une maison pour faire cuire un œuf. » Gilbert était poète aussi, quand il disait que Thomas, le faiseur d'éloges, ouvrait pour ne rien dire une bouche immense. Il y a de la poésie même dans les choses inanimées, souvent dans les objets les plus simples. Une chaumière au bord d'un ruisseau, ombragée par de vieux ormes ; un grand arbre couvrant tout un chemin creux de son feuillage ; une touffe épaisse de ces longues plantes que file la nature, tombant du haut d'un vieux mur, m'ont souvent fait rêver et jeté dans un doux état d'esprit que je ne saurais définir. C'est qu'il y a dans ces herbes et dans ces plantes de la poésie. Peignez-les telles qu'elles sont, d'un seul trait, vous serez poète. Mais quelle que soit la poésie, faut-il donc absolument s'imposer, pour en faire, les mille gênes de la versification ? Si vous aviez à faire un travail pénible qui demandât de l'agilité, mettriez-vous une camisole de force ? La

prose ne vous offre-t-elle point tout ce dont
vous avez besoin? n'a-t-elle point de phrases pour
dire ce que vous voulez dire? Avez-vous quelque
pensée à laquelle elle ne puisse fournir des mots,
et quelque caprice d'imagination qu'elle ne puisse
contenter? Si vous voulez des images, ne pouvez-
vous faire des images aussi bien en vers qu'en prose?
Ne les rendez-vous pas plus facilement, plus nette-
ment avec le secours de cette dernière qu'avec un
vers, où souvent vous voudriez mettre *lion* et où il
ne peut tenir que *loup*; qui tantôt déborde de mots,
tantôt n'en a pas assez? Vous ressemblez tantôt à
l'homme qui a beaucoup d'effets à emballer dans
une petite malle, et tantôt à celui qui a une grande
malle et qui n'a qu'une paire de chaussettes à mettre
dedans. Quoi! pauvre poète, on vous donne pour
dessiner un crayon fin, léger, qui se prête à tous les
traits, qui peut rendre toutes les nuances, et vous le
jetez pour un gros crayon qui vous lasse la main à
vous l'engourdir, tantôt marquant trop, tantôt pas
assez. Vous conviendrez que c'est là de la duperie; et
pourtant, presque tous ceux de nos jeunes gens qui
ont la fantaisie d'écrire, commencent par faire des
vers; aux étalages des libraires vous ne voyez qu'es-
sais poétiques, premiers chants, nouvelle lyre!

C'est qu'il est plus facile de faire des vers que de la prose ; de mauvais vers que de mauvaise prose, entendons-nous, car je ne veux pas être pris en flagrant délit de contradiction. Faire des vers est un métier qui s'apprend, qui même n'est pas bien difficile à apprendre, et où avec de l'exercice on devient très habile ; il n'y a pas besoin d'idées pour cela. J'ai connu des gens qui versifiaient très bien, et pourtant tout à fait dépourvus de bon sens et incapables de soutenir la discussion la plus simple.

Mais lui, le poëte, n'a pas besoin de sujet ; il ne lui faut qu'un titre ; sur un mot, il vous bâtit une Ode, une Méditation, un Crépuscule ; à propos d'une fourmi, il vous parle de la terre, de la mer et des cieux ; ses images, s'il en a, se suivent mais ne se tiennent pas. Il vous montre la lanterne magique : « Vous venez messieurs et dames, de voir Saint-Péterbourg, voilà maintenant monsieur le soleil et madame la lune ! » Il prend les métaphores et les images des maîtres. Les *Méditations poétiques* de M. Lamartine sont le moule où ils jettent toutes leurs pièces, moule d'or où ils fondent du plomb. Lamartine prie et pleure, il est toujours dans ses strophes, à genoux, fondant en larmes ; à propos de tout il pleure et il prie. Quand l'idée ne vient point, ils ont recours au pathos ; le

pathos est une des grandes ressources du mauvais poète. Vous n'avez pas compris leurs strophes,
vous ne revenez pas dessus, et vous vous en prenez
à une distraction. Pourvu que leur vers flatte l'o-
reille, il dit toujours assez ; vous l'écoutez quoique
sans le comprendre, avec une sorte de plaisir, ainsi
qu'une paysanne écoute le langage élégant d'un
amant bien élevé. La poésie, c'est la prose devenue
folle. Lui , le prosateur, il lui faut un sujet ; il faut
qu'il suive un enchaînement d'idées ; qu'il sache
bien ce qu'il dise ; que par un raisonnement quelconque, il arrive à une conclusion, et cela n'est pas
facile. Il n'a point d'oripeaux pour déguiser sa pauvreté, de manteau barriolé pour couvrir son habit
sale. Il n'a point, lui, le privilége du pathos et de ces
métaphores vides de sens , faisant un bruit terrible,
et pourtant muettes. Cela n'est pas de mise dans ses
sujets. Je vous assure qu'à l'époque où je faisais
des vers, j'aurais mieux aimé composer cinquante
vers comme je viens de dire , que de rédiger conve-
nablement un prospectus d'épicier. La vieille poésie
a fait beaucoup de dégât dans notre littérature : elle
a créé des mots roturiers et des mots gentils-hom-
mes ; elle faisait ses vers avec des mots pòm-
peux. Elle a gâté notre langue ; elle en avait fait

deux idiomes : l'un pour le peuple, l'autre pour les gens comme il faut. Aussi était-elle d'un ennui mortel. La *Henriade*, lue d'un bout à l'autre, pourrait faire tomber un homme en catalepsie, mais au moins elle savait ce qu'elle disait ; et vous , si vous bâillez, vous avez la satisfaction de savoir pour quelle cause. La poésie nouvelle est plus belle quand elle veut être raisonnable ; elle est belle avec ses allures vives, ses pensées hardies, ses vives images. Il y a en elle de l'inspiration, de la vie, et elle a bien le ton de l'enthousiasme. Telle elle est chez M. Hugo, quand il parle de nos batailles, de nos gloires passées et de notre empereur. Il est charmant encore, Victor Hugo, dans certaines de ses Orientales. Donnez-lui un sujet raisonnable, et qu'il s'astreigne à n'écrire que ce qu'il comprend, et il sera le plus grand de nos poètes versifiés; je dis versifiés, parce que je fais mes réserves en faveur de Chateaubriant qui est, lui, le plus grand de tous nos poètes. Mais tout ce qu'il a fait de bon, Victor Hugo l'eût tout aussi bien fait en prose. Mais que de pièces, qui ne sont d'un bout à l'autre qu'un amphigouri retentissant, qu'un galimathias tout parsemé de choses brillantes , n'eût-il pas faites, s'il ne se fût laissé emporter comme un étourdi sur les ailes de sa muse ! Pour bien voir les

choses, il faut aller à pied ; M. Hugo les verrait encore
bien s'il n'allait qu'en voiture, mais il va presque
toujours en chemin de fer, et les tableaux qu'il des-
sine ressemblent à des nuages de toutes formes.
Il est vrai que derrière cette croûte vous distinguez
quelquefois un arbre bien touché, une jolie bergère ;
mais ce n'est pas ce qui fait un paysage. Vous voyez
que ma critique ne va pas chercher des subalternes,
et que c'est à la tête que j'adresse mes coups.
Lisons son ode intitulée *le Poète* : Victor Hugo,
tant Odes, que Ballades et Rayons, en a vingt comme
cela.

> « Qu'il passe en paix, au sein d'un monde qui l'ignore,
> « L'auguste infortuné que son ame dévore !
>   « Respectez ses nobles malheurs ;
> « Fuyez, ô plaisirs vains, son existence austère ;
> « Sa palme qui grandit, jalouse et solitaire,
>   « Ne peut croître parmi vos fleurs.
>
> « Il souffre assez de maux, sans y joindre vos joies !
> « Chaque pas qui l'enfonce en de sublimes voies !
>   « Par une douleur est compté.
> « Il pleure sa jeunesse avant l'âge envolée,
> « Sa vie, humble roseau, qui se trouve accablée
>   « Du poids de l'immortalité.
>
> « Il pleure, ô belle enfance, et ta grace et tes charmes,
> « Et ton rire innocent et tes naïves larmes,
>   « Ton bonheur doux et turbulent,

« Et, loin des vastes cieux, l'aile que tu reposes,
« Et, dans les jeux bruyants, la couronne de roses
    « Que flétrirait son front brûlant !

« Il accuse et son siècle, et ses chants, et sa lyre,
« Et la coupe enivrante où, trompant son délire,
        « La gloire verse tant de fiel,
« Et ses vœux, poursuivant des promesses funestes,
« Et son cœur, et la Muse, et tous ces dons célestes,
        « Hélas ! qui ne sont pas le ciel !

« Ah ! si du moins, couché sur le char de la vie,
« L'hymne de son triomphe et les cris de l'envie
        « Passaient, sans troubler son sommeil !
« S'il pouvait dans l'oubli préparer sa mémoire !
« Ou, voilé de rayons, se cacher dans sa gloire,
        « Comme un ange dans le soleil !

« Mais sans cesse il faut suivre, en la commune arène,
« Le flot qui le repousse et le flot qui l'entraîne !
        « Les hommes troublent son chemin !
« Sa voix grave se perd dans leurs vaines paroles,
« Et leur fol orgueil mêle à leurs jouets frivoles
        « Le sceptre qui pèse à sa main !

« Pourquoi traîner ce roi si loin de ses royaumes ?
« Qu'importe à ce géant un cortége d'atómes ?
        « Fils du monde c'est vous qu'il fuit.
« Que fait à l'immortel votre éphémère empire ?
« Sans les chants de sa voix, sans les sons de sa lyre,
        « N'avez-vous point assez de bruit !

« Laissez-le dans son ombre où descend la lumière,
« Savez-vous qu'une Muse, épurant sa poussière,
        « Y charme en secret ses ennuis ?

« Et que , laissant pour lui les éternelles fêtes ,
« La colombe du Christ et l'aigle des Prophètes
    « Souvent y visitent ses nuits ?

« Sa veille redoutable , en ses visions saintes ,
« Voit les soleils naissants et les sphères éteintes
    « Passer en foule au fond du ciel ;
« Et, suivant dans l'espace un cœur brûlant d'archanges,
« Cherche, au monde lointain, quelles formes étranges ,
    « Y revêt l'Etre universel.

« Savez-vous que ses yeux ont des regards de flamme ?
« Savez-vous que le voile, étendu sur son ame,
    « Ne se lève jamais en vain ?
« De lumière dorée et de flamme rougie,
« Son aile, en un instant, de l'infernale orgie
    « Peut monter au banquet divin.

« Laissez donc loin de vous, ô mortels téméraires ,
« Celui que le Seigneur marqua, parmi ses frères ,
    « De ce signe funeste et beau ;
« Et donc l'œil entrevoit plus de mystères sombres
« Que les morts effrayés n'en lisent, dans les ombres ,
    « Sous la pierre de leur tombeau !

« Un jour vient dans sa vie, où la Muse elle-même,
« D'un sacerdoce auguste armant son luth suprême,
    « L'envoie au monde ivre de sang ,
« Afin que, nous sauvant de notre propre audace,
« Il apporte d'en haut à l'homme qui menace
    « La prière du Tout-Puissant.

« Un formidable esprit descend dans sa pensée.
« Il paraît ; et soudain , en éclairs élancée,
    « Sa parole luit comme un feu.

« Les peuples prosternés en foule l'environnent ;
« Sina mystérieux, les foudres le couronnent.
   « Et son front porte tout un Dieu!

Qu'il passe en paix, cet illustre infortuné, c'est le poëte, le grand poëte couronné de gloire. Mais quels sont donc ces nobles malheurs que vous voulez que nous respections? Serait-il donc vrai que la gloire fût aussi une illustre infortune? Dans ce siècle d'égoïsme, à présent que l'amour de soi déprime et abrutit toutes les ames, la gloire est descendue à rien comme toutes les nobles choses; nos artistes ne travaillent plus que pour avoir un salaire. Donnez cent francs de plus à un peintre, et il effacera son nom du bas de son tableau ; un morceau de pain à un littérateur, et il vous laissera mettre à son œuvre votre nom au lieu du sien. Mais nous n'en sommes pas encore arrivés à ce que la gloire soit un malheur, et on n'arrête pas un homme par cela seul qu'il a du génie. Nos petites célébrités se passent bien de la gloire, mais si elle leur arrivait ils ne voudraient pas la mettre à la porte, d'autant plus que la gloire paie bien sa pension dans les maisons où elle se domicilie. Je suis bien sûr que M. Hugo ne trouve point sa célébrité une maladie très douloureuse et qu'il ne craint rien tant que d'en guérir. Oh! non, je

ne croirai jamais que la gloire soit un malheur,
que le génie soit un don funeste, qu'il faille étouffer
le feu qui est dans son ame de peur que s'avivant
trop il ne réduise en scories son enveloppe. Rien n'est
beau, selon moi, comme ce doigt toujours levé qui
vous montre à la foule; comme ce brillant lendemain qui se déroule sans fin devant vous ; comme
ces bruits d'applaudissements qu'on entend murmurer confusément dans la postérité. Etant enfant,
j'enviais déjà le bonheur des hommes que leurs ta-
lents avaient rendus illustres parmi nous. Il m'aurait été égal d'être borgne, manchot, cul-de-jatte,
pourvu que je fusse célèbre comme eux, et pour
leur existence j'aurais donné l'existence impériale
du despote le plus solidement établi de l'Europe.
Quand je faisais des vers, sans espoir bien entendu
qu'ils feraient scintiller les moindres lueurs de gloire
autour de moi, je disais :

> Toi qui peux, d'un rayon du feu qui te dévore,
> Au corps d'un pauvre hère à ton gré faire éclore
> Un roi de la parole ou bien un simple roi,
> Apparais, ô Satan ! je te livre mon ame ;
> Allume sur mon front ton stygmate de flamme ;
>   J'ai fait pacte avec toi !
>
> Je subirai ta loi, quelle que tu la fasses,

Parmi ces flots d'humains pourvu que tu me traces
Un lumineux sillon.
Je veux avoir aussi, poëte, ma colonne ;
Fais-moi grand, parmi ceux dont la lyre rayonne,
Comme parmi les rois le fier Napoléon !

Je ne donne point mon autorité parce qu'elle est
en vers, pour un axiome ; mais il y a ici cinq à six
poètes : qu'on demande à chacun d'eux s'il ne serait
pas bien aise d'être célèbre , on verra ce qu'il répondra. Je suis sûr que le poëte R....., dans sa
morte saison, toutefois, ferait volontiers à la gloire,
pour un de ses sourires, un manteau doublé de son
plus magnifique tartan. En tout cas , si la gloire est
un malheur, c'est un malheur fort recherché : tel,
par exemple que celui d'avoir cinquante mille francs
de rente. Le poëte est donc parti d'une idée fausse,
et ce paradoxe du malheur de la gloire ne devrait
plus avoir cours parmi nous. Mais au moins, même
en partant de ce faux principe, il pouvait dire encore des choses logiques ; il pouvait peindre, par
exemple, le mauvais côté de la gloire ; mais pas du
tout : M. Hugo était sorti par une mauvaise porte,
et ce chemin était trop droit pour lui ; il s'amuse pendant une vingtaine de strophes à nous recommander
son poëte, à nous engager à respecter ses nobles

malheurs, à ne point le troubler dans son ombre, et vous ne savez pas pourquoi? parce qu'il y a un aigle et une colombe qui y descendent et qu'il ne faut pas déranger; et tout cela est on ne peut plus extravagant. Si le poëte souffre de la gloire, qu'il soit son médecin lui-même; qu'il se réfugie dans son arche; la maison d'un grand homme n'est pas une maison publique; sa porte, quand cela lui convient, n'est pas plus difficile à fermer que celle d'un autre. Qui donc empêche le poëte d'écrire en silence au sein d'un monde qu'il ignore; s'il ne dit rien à personne, qui songera à lui demander quelque chose, à moins que ce ne soit un gendarme qui lui demande son passeport. Lisez la pièce avec une attention sévère, sans vous laisser abassourdir par le ronflement des vers, et aveugler par l'éclat des métaphores, et vous trouverez que chaque vers a au moins son extravagance. « Sa palme qui grandit jalouse et solitaire, ne peut croître parmi vos fleurs. » Mais où donc a crû la palme de M. de Lamartine et aussi de M. Victor Hugo, si ce n'est au milieu de ces plantes empoisonnées? et le soleil de la cour n'en a-t-il pas fait éclore les premières fleurs? La palme d'Hégesippe Moreau, au contraire, qui avait été plantée entre les dalles d'un atelier, a-t-elle atteint toute sa hauteur, ne s'est-elle point flétrie au milieu du beau printemps parce qu'on la foulait aux pieds, et le poète lui-même n'a-t-il pas succombé aux lentes douleurs de son obscurité ? et sa gloire a-t-elle seulement jeté un rayon sur son agonie ?...

« Il souffre assez de maux » : mais si les joies que donnent les plaisirs lui sont douces, pourquoi donc s'en priverait-il ? S'il souffre, n'est-ce pas une raison pour qu'il leur demande quelques instants agréables ? Un malade, parce qu'il souffre, n'a-t-il pas le droit de sucrer sa tisane ? Si, au contraire, il trouve ces joies amères, qui l'empêche de s'en priver ? Un sergent de ville ne viendrait pas le sommer au nom du roi, de se rendre à la soirée du ministre ; tandis qu'il tend son verre à son valet pour avoir un verre d'eau de Seltz, le plaisir n'y verse point du Champagne, et les truffes ne poussent pas d'elles-mêmes dans l'intérieur de ses volailles. Toutes ces images sont donc échafaudées sur une idée fausse.—« Chaque pas qui l'enfonce. »—Cela veut dire que chaque strophe qu'il fait lui fait subir une douleur. Mais quelle sorte de douleur, s'il vous plaît ? car enfin, si vous voulez qu'on vous plaigne il faut bien savoir ce que vous souffrez ? Cela endommage-t-il le foie, la rate, un poumon, ou bien est-ce votre duodenum qui est tombé malade? moi aussi j'ai fait des vers, pas si beaux que ceux de notre poète, bien entendu, mais enfin ils me donnaient autant de peine. Eh bien! c'était un de mes grands bonheurs de les faire. Combien je la regrette, la belle saison des vers! qui me rendra ces jeunes et riantes idées que j'éparpillais sous les sombres allées des bois et le long des chemins solitaires? que me manquait-il, quand j'errais dans un beau chemin de traverse, sous les rameaux pendants de tous côtés sur ma tête, et que l'image venait juste et brillante, et que la rime était sonore! Quand j'avais rencontré quelque vers à ma fantaisie, je rentrais en ville plus fier et plus joyeux que le chasseur qui revenait avec sa carnassière pleine de gibier. Cela ne m'a jamais incommodé; et même, comme mes vers étaient perdus le lendemain, cela avait l'avantage de n'incommoder personne. «Il pleure sa jeunesse.» Comment donc? est-ce que le poète n'a pas sa jeunesse comme les autres? est-ce que le mois de mai passe pour lui sans violettes et sans roses? fait-il donc ses vers comme l'alchimiste ses expériences, au feu dévorant des fourneaux? est-il plus dangereux de faire des vers que de faire du droit, de la chimie ou de la phy-

sique, que de parcourir la circonférence de la terre
pour la mesurer, ou que d'aller sous les pôles étudier une question d'astronomie? La poésie enfin,
est-elle une profession insalubre comme certaines
professions.—«Il pleure son enfance.»—Comment,
est-ce que la poésie a enlevé au poète même son enfance? Mais il faisait donc des vers sublimes à l'é-
cole!—«Et ton rire et tes larmes.»—Miséricorde!
est-il possible qu'un poète, un homme de talent
dise de pareilles inepties! Le poète pleure de ne pouvoir pleurer comme les enfants! mais j'ai connu un
enfant qui pleurait parce qu'on ne voulait pas le
laisser pisser sur un gigot tournant à la broche.
Est-ce comme cela que M. Victor Hugo voudrait
pleurer?

« Vos jeux bruyants. » Ce grand homme, ce
poète illustre, que son ame dévore, il pleure de ne
pouvoir jouer à la marelle ou au collin-maillard.
M. Victor Hugo a raison; respectons ses nobles
malheurs! Et ce n'est point là tout son chagrin, il
pleure encore de n'avoir point, comme les petites
filles, le jour de la Fête-Dieu, une couronne de roses;
mais la délicatesse de sa conscience ne lui permet pas
d'en prendre une : son front brûlant la flétrirait. Il
accuse son siècle; eh! de quoi? Si c'est qu'il pro-

digue étourdiment sa distraite et légère admiration
à des muses , cette fois l'illustre poëte à raison ; je
lui donne mon assentiment. — Il accuse sa lyre. —
cela ne l'empêche pas de faire de ses œuvres autant
d'éditions que possible , et même d'y faire entrer
des pièces comme celle du Comte Alexis VI.—De
sorte que la pauvre lyre trouve dans le public un
second accusateur.—Il accuse « la coupe énivrante
où la gloire versa tant de fiel ; et son cœur, et ses
vœux et la muse , et ces dons célestes qui ne sont
pas le ciel. »—Il résulte de là qu'il accuse à peu près
tout le monde ; en définitive, c'est le ciel que veut
notre poëte ; c'est parce que sa muse ne lui donne
pas le ciel , qu'il lui cherche querelle. Cet enfant
qui battait son domestique parce qu'il ne pouvait
point lui donner la lune brillant dans un seau d'eau,
était moins niais encore que notre grand homme.—
« S'il pouvait dans l'oubli préparer sa mémoire. » —
Mais il me semble que cela ne lui serait pas plus
difficile qu'à un menuisier de se faire un magnifique
cercueil sans que personne en sache rien , qu'à l'a-
vare de se préparer une grande fortune au milieu de
l'indigence la plus absolue ; qu'il fasse ses vers en
silence, qu'il les mette sous un scellé qui ne puisse
se lever qu'après sa mort : de cette façon il est bien

sûr de ne point entendre les chants de son triomphe,
et s'il lui convient de s'endormir comme un voyageur insouciant et fatigué sur le char de la vie,
personne ne s'avisera d'aller le tirer de son sommeil.
S'ils veulent passer sans faire de bruit, qu'ils quittent donc les grelots dont ils sont entourés! Mais cela
n'est point l'usage chez les grands poètes : ils attendent que leur muse engraissée ait un fauteuil à l'A-
cadémie.— « Se cacher dans sa gloire, » — j'espère
que voilà de l'antithèse! j'aimerais autant dire «se cacher entre quatre flambeaux.» — Les hommes troublent son chemin. — Mais ce malheur ne résulte point
pour lui de ce qu'il est poète; bientôt vous le plain-
drez d'être, comme nous, sujet à la colique et à la
fièvre. Les hommes vont en foule sur un chemin
étroit et ils se gênent nécessairement les uns les
autres; il n'est personne qui ne reçoive dans ce
pêle-mêle sa blessure au flanc ou son insulte au ta-
lon. Mais dites-moi, votre poète serait-il moins
troublé si, étant épicier, il venait s'établir à côté de
lui un épicier qui vendît au-dessous du cours? —
« Fils du monde, c'est vous qu'il fuit. » — Comment
donc, c'est nous qu'il fuit; mais alors pourquoi
donne-t-il des tragédies au théâtre? pourquoi les
afficher aux mille coins de la ville? pourquoi a-t-

il des claqueurs ? Mais au lieu de nous fuir, vous
voyez bien que c'est nous qu'il appelle ; si personne
de nous n'accourait à son nom, il se trouverait le plus
contrarié de tous les humains. Voilà un charlatan
qui étend son tapis sur la place publique, qui crie,
qui bat du tambour, et vous dites qu'il fuit la foule ;
vous voyez bien que cela n'est pas raisonnable. —
« Fils du monde, je vous fuis, mais, je vous en prie
venez à mes pièces, achetez mes œuvres, et admi-
rez-moi. » Voilà vos poètes. Oui, gens du monde, laissez-le dans son ombre. — « Savez-vous qu'une muse
épurant sa poussière. » Voilà une occupation fort
agréable pour une déesse ! j'aime autant le dieu qui
d'aiguillons pressait les flancs poudreux des chevaux
d'Hippolyte. Pauvres habitants de l'Olympe, comme
on vous traite ! Epurer la poussière d'un poète,
pourriez-vous me dire ce que cela signifie ? Pour
moi, si j'avais une muse, j'aimerais autant lui faire
cirer mes bottes et brosser mon paletot que d'épu-
rer ma poussière. Pour moi, je ne voudrais pas pour
quinze francs par mois être la muse de M. Victor
Hugo. Et, savez-vous pourquoi encore il feint de la
laisser dans son ombre ? c'est que l'aigle des prophètes et la colombe du Christ viennent l'y visiter.
aussi quel bel intérieur de poète nous peint M. Hugo !

Le grand homme est là dans son coin , dévoré par
son ame. Sur son épaule est la colombe du Christ
qui, de temps en temps semble lui parler à l'oreille;
à ses pieds est couché l'aigle des prophètes tenant
sous sa serre un paquet d'éclairs qui jettent par les
deux bouts une fumée sanglante , de laquelle s'é-
chappe quelquefois un jet de flamme ; plus loin est
sa muse, qui pour le distraire tamise sa poussière.
C'est delà qu'il voit au fond des cieux le soleil que
Dieu allume , et ceux qui ne sont plus que scories ;
qu'il suit un chœur d'archanges pour tâcher de dé-
couvrir Dieu parmi eux et de savoir quelle forme
il revêt. Cet homme qui a la vue de cinquante téles-
copes mis au bout l'un de l'autre, envie aux enfants
une méchante couronne de roses. C'est vraiment
dommage que ce grand homme ne consacre point
ses redoutables veilles à des études astronomiques ;
quelles choses curieuses il nous raconterait ! car enfin, il doit voir dans les planètes comme de sa fenêtre il voit sur le toit de la maison voisine. Avec
un pareil homme, les cieux n'auraient plus de mystères, et nous aurions le portrait de l'Éternel litho-
graphié à toutes les boutiques. Non, tant qu'il plaira
à cet extravagant rêveur de se tenir dans son ombre,
il n'y a pas de risque , tant fils du monde soit-on

qu'on aille l'y déranger. Ce qui est arrivé à M. Gal-
land le romancier, est-il déjà arrivé à M. Victor
Hugo? des jeunes gens sont-ils venus frapper à
sa porte par une âpre gelée, et lui ont-ils crié :
« M. Hugo, si l'aigle des prophètes ou la colombe du
Christ ne sont pas avec vous dans votre ombre, en-
flez-nous une de ces odes que vous enflez si bien. »
Tous ses vers ont un sens figuré magnifique; mais le
sens propre, il faudrait être bien habile pour le
trouver; et, je défie M. Victor Hugo, lui-même, de
dire ce qu'il entend par le poète qui voit des soleils
s'éteindre et s'allumer, et cherche dans les cieux la
forme de l'Éternel. Cet entassement d'images gigantesques, semblable à celui des montagnes que
les géants mirent l'une sur l'autre, c'est de la poésie!
Non-seulement on veut bien ne pas comprendre le
poète, mais on n'exige pas même de lui qu'il se com-
prenne lui-même. On l'écoute comme les paysans
écoutent à la messe le plain-chant de leur curé sans se
soucier de savoir ce qu'il dit, et persuadés qu'il dit de
belles choses. Or, je le demande, en prose, dix pages
de pareilles extravagances seraient-elles possible, et
le rire public n'en ferait-il point justice? J'ai cru devoir hasarder cette critique dans l'intérêt du goût
public, altéré et corrompu par les chefs mêmes de

notre littérature. **M.** Victor Hugo a près de la moitié
de ses poésies dans le genre de celles que je viens
de citer : elles manquent de sujet. Mais quand
M. Victor Hugo veut descendre jusqu'à être raisonnable, personne ne l'admire plus que moi ; et tel
qu'il est, je le tiens pour l'homme le mieux orga-
nisé de notre époque littéraire. Quand il est gra-
cieux, il est pathétique, élevé, noble , fier ; nul ne
l'est autant que lui. Par exemple, il lui manque
comme prosateur, surtout comme romancier, une
qualité essentielle : il n'a point d'esprit. Toujours est-
il que je donnerais tous mes pamphlets pour sa
charmante pièce intitulée : *la Jeune* ....

C. TILLIER.

JE VEUX ÊTRE RECENSÉ !

A UN AGENT DU FISC.

M. l'agent du fisc, je ne sais pourquoi vous vous êtes permis de ne pas me recenser. Cette omission indique, de votre part, pour mon mobilier et ma personne, un mépris que, quant à ma personne du moins, rien ne justifie. Aurais-je été desservi auprès de vous par quelque ennemi secret, ou bien m'auriez-vous pris pour un autre ? Je sais qu'il y a des contribuables mal élevés qui ferment leur porte au fisc sous prétexte que ces opérations sont illégales, et lui disent par la fenêtre qu'ils ne

sont pas à la maison. Ce sont eux qui , en politesse du moins, commettent une illégalité. Apprenez , M. l'agent , que je ne suis pas de ces puristes
de constitutionnalité qui s'imaginent que les lois
sont faites pour tout le monde, pour les gouvernants
comme pour les gouvernés. Quoi ! lorsque les ministres font les majorités et que les majorités font
des lois, pourquoi les ministres, pour s'épargner la
confection d'une majorité, ce qui ne laisse pas d'être
dispendieux , ne feraient-ils pas les lois sans aucune opération préliminaire ?

Vous prétendez que les choses n'étaient pas ainsi
quand nous avions un roi qui régnait par la grace
de Dieu. Fi ! M. l'agent, la peur que vous avez de
me recenser vous fait dire des inconstitutionnalités ;
vous êtes en arrière de vingt cabinets. Depuis que
nous avons un prince oint de la poussière sanglante
de la rue et qui règne par la grace du peuple , les
choses sont bien changées. Croyez-vous que nous
ayons fait une révolution pour nous amuser, pour
nous donner de l'exercice ? A quoi nous eût servi de
renvoyer la restauration , si nous avions gardé son
système ?

Quoi qu'il en soit, je vous déclare que je veux
profiter du bénéfice de l'illégalité, je veux être re-

censé, entendez-vous ! recensé autant qu'on peut l'être, recensé depuis mon tire-botte jusqu'au dernier bouton de mon paletot.

Je ne serais même pas fâché de payer une petite patente comme rédacteur de *l'Association*. Mes confrères feront ce qu'ils voudront, mais je ne veux pas, moi, que le gouvernement soit la dupe de sa générosité. Ce qu'il daigne ne pas nous prendre, moi, je le lui abandonne de bon gré. Voyez-vous, nous vivons sous un gouvernement paternel : quand nous n'aurons plus rien, le percepteur nous fera mettre en prison et nous serons nourris aux frais de l'État. Cela ne se trouve pas dans les circulaires, mais c'est une raison de plus pour que ce soit authentique.

Comment peut-on, en effet, lésiner avec un gouvernement qui fait si bon usage de notre argent ? Ce qu'il nous fournit, hommes et choses, est un peu cher, mais aussi c'est de première qualité. Voyez d'abord quelle magnifique armée nous avons. Notre armée, dites-vous, qu'en fait donc M. Guizot ? Comment, ce qu'en fait M. Guizot ? et la victoire de Toulouse ! et la victoire de Vizille ! et la victoire de Mâcon ! et la victoire de Clermont ! Sur quel peuple encore les a-t-il remportées ? sur le peuple le plus brave de l'Europe, celui qui a porté le plus loin la gloire de ses exploits militaires, le seul que Napoléon n'ait pas vaincu. Le grand capitaine a-t-il une campagne mieux remplie? Battre des Russes et des Prussiens, forcer des rois et des empereurs de venir à son bivouac implorer la paix, les tenir effacés et confondus au milieu de ses courtisans, distribuer des trônes à ses généraux, changer un nom d'aubergiste ou de petit marchand en majesté, faire sortir un sceptre de la giberne d'un vieux soldat, cela vaut-il la peine de tirer l'épée?

Notre vieille armée, dites-vous, nous conquérait des capitales. Fi! M. l'agent, vous ne songez pas à ce que vous dites, vous parlez comme la mauvaise presse. A quoi cela vous servirait-il, des capitales? est-ce que nous n'en avons pas une, et une belle encore, une capitale armée jusqu'aux dents et qui porte je ne sais combien de canons à sa ceinture?

Vous regrettez, dites-vous, que cette tapisserie de drapeaux conquis sur l'étranger commence à se faire un peu râpée; mais prenez-vous donc M. Guizot pour le tapissier des Invalides? A quoi servent ces vieux lambeaux de taffetas qui traînent le long des murs comme des toiles d'araignées? un tableau tout neuf, dans un cadre d'or, représentant le duc de Nemours au camp de Compiègne, en la

marche triomphale du duc d'Aumale au milieu des autorités constituées du pays, et déposant
aux pieds de son auguste père les discours qu'il a
affrontés dans sa route, ne vaudraient-ils pas mieux
que toutes ces vénérables guenilles?

Vous parlez de gloire, M. l'agent; mais ne savez-
vous pas qu'il y a déficit dans le trésor? c'est d'argent qu'il faut parler. Si M. Humann l'osait, il
ferait fondre en décimes l'étui de bronze de la colonne Vendôme. Quoi! dites-vous, ces glorieuses
bandelettes qui déroulent si longtemps et si haut nos
victoires? Si longtemps et si haut! tant mieux, il y
en aura plus à fondre. Nous n'avons plus besoin de
souvenirs de gloire, alors que la gloire nous a dé-
laissés; et d'ailleurs, qu'est-ce donc que la gloire?
Un nom sur des feuilles de papier, un petit murmure
dans la bouche des hommes, un tombeau de marbre
sur le sol ras d'un cimetière. Croyez-moi, les compliments de lord Robert Peel dans le *Times*, ont
quelque chose de bien plus positif que tout cela. Je
ne sais pas l'histoire, mais comment puis-je croire
que notre gouvernement ne soit point belliqueux,
quand j'ai sous les yeux de jeunes princes qui sont
généraux, colonels, capitaines de vaisseau à l'âge
où Napoléon n'était encore que sous-lieutenant? Si

depuis la révolution de juillet nous n'avions pas eu
de champ de bataille, où ces petits jeunes gens auraient-ils pris leurs épaulettes ? Notre époque nous
coûte un peu cher ; mais, croyez-moi, nous avons
une belle époque.

L'empire, dites-vous, l'empire ! oh oui ! c'était
une grande chose : l'empire rayonnait comme une
comète à l'horison de l'Europe, j'avais alors douze
ans et je sentais déjà qu'il était beau d'être Français;
et je porte encore au fond de mon cœur le deuil de
toute cette gloire. Je crois voir encore resplendir
Napoléon entouré de ses lieutenants, tous grands
hommes, tous célèbres par des triomphes, tous re-
baptisés par une victoire ; de rois plus fiers de leur
épée que de leur sceptre ; de ces rudes soldats basa-
nés par tous les soleils, hommes de fer et de cuivre,
qu'il semblait avoir fondus tous dans le même
moule.

Quand il revenait de ses victoires, un immense
applaudissement éclatait sur son passage ; il rayonnait de cet homme, je ne sais quoi qui troublait
l'ame et enivrait la raison ; il fallait battre des mains
à son aspect ; il y avait du nous dans cette existence ;
nous croyions avoir remporté ses victoires ; nous
étions enthousiastes de lui, comme s'il eût été de

notre famille. Tout Français, si l'empereur avait eu
besoin de son sang, eût été fier et content de le
répandre à ses pieds.

Pendant qu'il faisait ses grandes guerres, tout le
peuple se rassemblait palpitant autour de ses bulletins ; jamais je n'ai rien vu de pareil. Le lecteur
était monté sur un banc ou sur une chaise ; la feuille
se déployait lentement entre ses mains, comme si
elle eût contenu pour tous un arrêt. Hommes et
enfants, car là il y avait aussi des enfants, tous
écoutaient jusqu'à la fin dans un religieux silence ;
puis, quand on était bien sûr que la victoire nous
appartenait, un cri auquel nulle autre acclamation
n'a jamais ressemblé et ne ressemblera jamais, un
cri de *Vive l'empereur !* faisait explosion comme
un coup de tonnerre qui roule d'éclats en éclats d'un
bout de l'horizon à l'autre, et se perd lentement
dans les profondeurs du ciel. Tous ces pères de famille auxquels cette guerre sans fin, qui n'appor-
tait que des victoires, avait dévoré leurs enfants,
poussaient le cri sacré avec le même enthousiasme
que nous, nous que bientôt peut-être elle allait dé-
vorer aussi. Les mères elles-mêmes étaient presque
consolées quand leurs fils reposaient sur un champ
de bataille illustre. C'est que, pour un peuple, être

grand entre tous les peuples, savoir que son nom
est prononcé avec admiration par toute la terre et
qu'il le sera de même tant qu'il y aura des hommes,
c'est plus encore que d'être heureux.

-Mais qu'est-ce que tout cela? Du bruit, de l'éclat,
un tourbillon de fumée qui s'élève d'un champ de
bataille. Heureusement le régime constitutionnel
voit les choses en philosophe; il aime mieux être
gros et gras que d'être immortel; il préfère à une
couronne de lauriers un bonnet de coton qui lui
tiend chaudes les oreilles; il ne voudrait pas au prix
d'un rhume de la plus belle campagne de Napoléon.
Peu lui importe que les frontières soient ouvertes
à l'ennemi, pourvu que ses parcs soient bien clos et
que ses lapins soient à l'abri de toutes invasions. Les
cris de la Pologne assassinée ne troublent point sa
quiétude; pourvu qu'il griffonne, qu'il pérore et
qu'il engraisse, il est plus que content.

L'ordre, la simplicité, la modestie, voilà ses vertus à lui. Qu'a-t-il à faire dans les salons de ces
grands seigneurs de champ de bataille, tout balafrés et tout hérissés de moustaches, de ces noms
sinistres qui resplendissent comme le reflet d'un
glaive, et éclatent dans la bouche de l'huissier de
service comme une fanfare? Ces gloires modestes

d'épicier, de drapier, de mercier, sorties incognito
d'une arrière-boutique , qui clignottent au lustre
du château et déjettent sur le manteau royal leur
duvet de peau de lapin, sont assez bonnes pour lui :
il trouve le grand sabre que traîne M. Liadières sur
le grand escalier des Tuileries , suffisant pour faire
peur à l'Europe ; il aime mieux causer chicane avec
M. Dupin , son honorable ami , que conquête et
plans de campagnes avec des généraux.

Je parie , M. l'agent , que vous êtes comme ces
fanfarons de la presse , qui trouvent que l'Angleterre se souvient trop de la victoire de hasard qu'elle
a trouvée dans les champs de Waterloo , qu'elle
prend avec nous des airs et un ton qui convien-
draient à peine avec une de ces principiculités d'Al-
lemagne qu'on n'aperçoit sur la carte qu'à l'aide
d'un microscope? Sous un certain rapport, vous
avez raison, M. l'agent; mais au lieu d'ensanglan-
ter l'Océan, ne vaut-il pas mieux prendre ces rodo-
montades de mauvais ton et qui n'ont que l'incon-
vénient de nous déconsidérer aux yeux des nations ,
comme des plaisanteries sans conséquence? Qu'attendre, en fait de procédés, d'un gros matelot plein
de goudron , d'une cruche de bière forte qui jette
son écume, d'un fromage de Chester qu'on flaire de

Calais, d'un épais assommeur de taverne qui a toujours une contusion sur l'un ou sur l'autre de ses
yeux , d'un fanatique contrebandier d'opium qui
croit que c'est pour son île enfumée seulement et
son ciel plein de suie que Dieu a fait le soleil , et
pour son plus grand bénéfice qu'il a créé tous les
hommes? Parce que ce quartier d'éléphant, ce bloc
qui semble tiré d'une carrière de chair humaine, a
fait peser un de ses larges orteils sur votre botte
vernissée , irez-vous mettre habit bas pour vous
vautrer avec lui dans la boue de son ruisseau?
Je vous le demande, cela serait-il d'un homme de
bon sens et d'un philosophe? La jeune France, qui
s'est placée à la tête de la civilisation par l'élégance
de ses moustaches, par le luisant de ses gants jaunes
et le génie de ses tailleurs, peut-elle descendre à de
telles luttes?

Et qu'importe que l'Angleterre nous outrage, si
ces humiliations ne portent aucun préjudice à nos
intérêts , si les draps se vendent bien et si les fers
sont en hausse.

Honneur, dignité , qu'est-ce que tout cela veut
dire ? Ces grands mots n'ont de sens que pour ces
imbéciles qu'on appelle hommes généreux ; que
pour ces niais qui courent à la mort pour leur pa-

trie ? M. Guizot a trop d'esprit pour comprendre ce pathos. Il nous a délivrés du despotisme des belles phrases, et il a bien fait. Tout cet orgueil qui jette tant de trouble et de discorde parmi les hommes, ce n'est qu'une plume qui, après s'être élevée quelque temps dans l'atmosphère, retombe sans bruit sur le couvercle d'un cercueil.

Croyez-moi, M. l'agent, rira bien qui rira le dernier. M. Guizot sait bien ce qu'il fait quand il nous abaisse. Lord Robert Peel s'amuse aux bagatelles de la terre ; mais lui, M. Guizot, c'est pour le ciel qu'il travaille. Ce lourdaud d'Anglais a choisi la gloire de diamant. Il est écrit dans l'évangile : Quiconque s'élève sera abaissé, quiconque s'abaisse sera élevé. Graces aux fanfaronnades de son ministère, l'Angleterre se trouvera reléguée au bas du paradis avec la racaille des bienheureux.

La France, au contraire, sera assise, elle, à côté de la principauté de Monaco, sur un trône plus resplendissant de lumière que le grand lustre de l'Opéra.

M. Dupin aîné, M. Dupin Charles, M. Dumon, qui boit les eaux du Lot, et M. Martin qui vient des pays glacés du septentrion et dont l'éloquence boréale donne des engelures à la chambre, seront aux quatre coins du trône, ils seront appuyés sur la hanche, et auront un grand sabre au côté.

Le *Journal des Débats*, sur une grande paire d'ailes omnicolores, planera au dessus du trône ; il chantera, sur un grand violon, les louanges de la dynastie, et, de temps en temps, il indiquera, du bout de son archet, aux assistants, les membres de la famille royale et les personnages les plus remarquables de la cour citoyenne.

« Celui-ci, dira-t-il, en donnant un coup d'archet sur le grand cordon de l'illustre député de Clamecy, c'est M. Dupin aîné, etc., etc., etc., etc.; nul n'a mieux mérité le poste d'honneur qu'il occupe au pied de ce trône ; pendant sa longue carrière politique, il a pratiqué tous les genres d'humilité : c'est lui qui a rédigé la fameuse adresse de 1840. Il a signé sa lettre sur la Communauté des Jault, et il appelait son illustre ami un personnage dont je ne veux pas dire le nom.

« Celui-là, c'est M. Charles Dupin que nous n'avons pas le temps de désigner par tous ses emplois ; il n'a pas observé l'humilité chrétienne avec moins de fidélité que son digne frère. Il a accepté la grand'croix de la légion d'honneur ; il a consenti à être pair de France ; pendant les loisirs que lui lais-

saient ses neuf emplois , il a composé à grand ren-
renfort de chiffres vingt-cinq kilogrammes de discours , et il n'a pas eu la consolation de trouver un
adepte, un ami, un parent pour les lire ; il les a tristement déposés sur un rayon de la bibliothèque de
Clamecy, et il a écrit au bas : Ci gisent les discours
de M. Dupin Charles.

(Ici le *Journal des Débats* s'enrouera, et un
chérubin lui apportera un verre d'eau sucrée et un
morceau de pain bénit.)

Au pied du trône sera M. Guizot, ployé à angle
droit comme une équerre ; il portera sur ses épaules
l'arche immense du budget, et, de sa voix creuse
comme une eau souterraine, il entonnera à Dieu cet
éternel cantique :

« Mon Dieu, je te remercie de m'avoir fait naître
avec des instincts pacifiques. Tu voulais faire de
moi l'humble pasteur de quelque troupeau protes-
tant ; mais la majorité s'est déclarée contre tes des-
seins secrets, et j'ai fait de moi un ministre d'état.
Tu sais que dans un pays constitutionnel la volonté
de la majorité, quelle qu'elle soit, et n'importe comment elle ait été faite, est absolue ; cela est trop
parlementaire pour que tu t'en fâches, et d'ailleurs
si tu t'en fâchais, je te tiendrais pour un factieux

et je prierais M. Hébert de t'envelopper dans le premier complot qu'il déférera à la Chambre des pairs.

« Ne hausse pas les épaules en signe d'incrédulité, tu ne connais pas l'éloquent procureur général : avec deux ou trois de tes commandements il fera de toi un égalitaire ou un communiste.

« Toutefois, j'ai conservé, au ministère, les inclinations pacifiques que tu m'avais accordées. Mon prédécesseur était un petit homme vain et fanfaron, auquel la garde de son sabre venait à l'épaule, et dont les moustaches traînaient jusqu'à terre ; il m'avait laissé sur les bras une armée nombreuse et pleine d'ardeur, qui chantait la *Marseillaise* à faire trembler l'Europe ; mais cette armée je l'ai toujours gardée à mon côté comme une épée dans le fourreau, et je n'ai pas même osé toucher à la poignée.

« On me criait de tous côtés : Guizot, l'Angleterre nous insulte ! Guizot, la rougeur commence à nous monter au front ! Guizot, fais trois pas en avant et réponds-leur comme un grand peuple doit répondre. Mais je ne me suis pas ému de leur impertinence ; j'ai fait trois pas en arrière, et j'ai répondu comme un grand ministre doit répondre : *La paix toujours, la paix partout!*

« Il est vrai que j'ai eu grand peur quand M. Du
pin aîné, qui est là haut, est venu, le boutoir au
côté, déclarer à la tribune, avec cette ardeur juvé-
nile qu'il déployait le lendemain de la révolution de
juillet, que ce serait un cas de guerre si l'étranger
attaquait nos frontières; mais heureusement le cas
ne s'est pas présenté.

« Je me suis encore rappelé que vous aviez dit :
heureux les pauvres d'esprit, parce que le royaume
des cieux leur appartient. Je savais bien que je n'é-
tais pas un pauvre d'esprit, je m'apercevais bien
que je raisonnais autrement que mon collègue Martin (du Nord); mais j'ai fait tout ce que j'ai pu pour
dissimuler ma richesse intellectuelle, et durant tout
mon ministère, je suis allé de sottise en sottise, si
bien que M. Fulchiron lui-même n'eût pas fait
mieux.

« A présent, Sire, c'est-à-dire, ô mon Dieu! si
j'ai pu obtenir grace devant vous par la pratique
assidue des préceptes de votre saint évangile, je
vous prie d'ordonner à mon honorable ami M. Montalivet, qu'il me décharge de quelques sacs de sa
liste civile que, par précaution, il a fait apporter ici,
car je sue jusqu'à l'extrémité de mon jabot. Je ne

fais pas de serment afin, que vous ne doutiez pas de
ce que j'ai l'honneur de vous dire. »

Telle est la gloire que M. Guizot prépare à la
France. Quand je songe à l'humilité si habilement
calculée qu'il a observée dans les affaires d'Orient,
au noble désintéressement avec lequel il a abandonné le pacha d'Egypte, à la résignation pleine d'à-
propos avec laquelle il a demandé excuse à l'Europe
des préparatifs de guerre de M. Thiers, je me pas-
sionne d'admiration pour ce grand ministre. Je veux
être recensé, M. l'agent, pour que M. Guizot ait
toujours de quoi s'acheter une belle majorité et
qu'il reste toujours au pouvoir.

Il est vrai que si les majorités ne renchérissent
pas, notre budget, tel qu'il est, pourrait à la rigueur
suffire à cette dépense. Notre budget, M. l'agent,
quel bel édifice de rouleaux d'or ! que j'aime ces
grands seigneurs auxquels il sert d'hôtellerie !

Cette dame que vous voyez dans ce beau salon,
debout derrière le fauteuil de sir Robert Peel, et re-
gardant par-dessus son épaule, c'est la Diplomatie.

Cette autre qui fait de la tapisserie, assise sur un
canon encloué, c'est la Guerre.

Ce gros monsieur décoré qui fait ses paquets pour Bruxelles, c'est le Commerce.

Voici la Marine qui fait manœuvrer, avec l'assentiment de l'Europe, une coquille de noix dans une cuvette.

Près d'elle, sont les Travaux Publics assis, les bras croisés, sur vingt projets de chemins de fer.

Plus loin, c'est la Régie qui fume du tabac de contrebande.

Un peu plus loin encore, c'est le Clergé qui lit le journal.

Ici, ce sont les Sinécures, mollement étendues sur un lit de repos.

Là, c'est le Génie militaire, entouré de petits forts détachés en terre cuite, et s'ingéniant à faire partir un canon par la culasse.

Cette vieille qui grignotte du pain dur, c'est la Liste civile.

A sa droite, sur un fauteuil, c'est M. Montalivet, les manchettes retroussées, épluchant des haricots sur une assiette d'argent.

Dans cette vaste salle, vous voyez l'Instruction universitaire, transvasant des mots dans une oreille

avec un cornet de papier, tandis que, dans le cabinet à côté, l'instruction du peuple épèle dans un
alphabet déchiré.

Vous voyez ici la Justice qui attache aux feuil-
lets de son Code les circulaires de M. Martin, et
faufile une cocarde à son bonnet carré.

Voilà le Parquet, son voisin, qui s'avance, en
chemise, un flambeau d'une main et un pistolet de
l'autre, comme un rat communiste qui ronge la
boiserie.

Plus loin, c'est la Police qui se promène en plein
midi avec une lanterne, cherchant un attentat.

Puis, c'est la Subvention qui, au lieu de vous
dire bonjour, vous crie : *Vive le roi !*

Là bas, est un groupe d'Inspecteurs auxquels on
tire la langue par derrière, tandis qu'ils regardent
à leurs pieds.

Là haut, c'est M. Dupin Charles, qui jette par
la fenêtre des poignées de chiffres aux ouvriers qui
demandent du travail.

Puis, voyez aux lucarnes ces faces maigres, ruis-
selantes de sueur, froncées par la misère, mal ra-
sées et très-peu débarbouillées ; elles appartiennent à cette foule de fonctionnaires subalternes, ma-
nœuvres de l'administration, bras métallisés par le

travail, qui agissent du matin au soir, tandis que la tête mange ou sommeille.

Mais ce bel édifice a un grand défaut, c'est qu'il est trop éphémère. C'est un grand nougat sur une table d'orgie ; à peine a-t-il paru que les convives se ruent, se poussent, se foulent aux pieds, pour en avoir une grosse part.

Je veux être recensé, M. l'agent, pour qu'on nous fasse un budget par trimestre. Rien ne sied mieux qu'un grand budget à un grand peuple.

On dit, il est vrai : à gras budget, peuple maigre ; mais en compensation de cette misère de bas étage que fait un budget exagéré, misère dont les larmes coulent silencieusement sur un grabat et dont les cris s'étouffent entre les murs d'un galetas, voyez que de gens il brode en or et en argent, auxquels il fournit un hôtel à la ville, un carrosse, des laquais et deux ou trois châteaux à la campagne.

Cette misère ici, et là cette opulence, sont les meilleurs auxiliaires de notre système constitutionnel. Le peuple ne reconnaît qu'une prééminence, celle de l'argent ; il estime les hommes, non par ce qu'ils valent, mais par ce qu'ils possèdent ; il a plus de considération pour un marchand de porcs enrichi, que pour un gentilhomme ruiné. Il se méprise

4

lui-même parce qu'il est pauvre. A côté de ces
géants dont le manteau cache les échasses, il se
trouve si chétif qu'il n'ose se comparer à eux; il ne
lui vient pas à l'idée qu'il pourrait bien être leur
égal; il ne fait pas attention que toute leur supé-
riorité n'est qu'une illusion d'optique, qu'une apparence; qu'il ne paraît si petit lui-même que parce
qu'il se tient prosterné; qu'il ressemble au serpent
qui jette à peine une ombre sur la terre où il rampe,
mais qui a six pieds quand, sifflant et gonflé de colère, il se dresse sur le bout de sa queue.

Ces hommes sont plus haut que lui sur l'échelle
sociale, il trouve juste et naturel qu'ils le soient au
même degré sur l'échelle politique; il ne se rend
pas compte de la préférence qu'il leur donne. Il les
élit comme il les salue, sans savoir pourquoi, parce
que c'est l'usage, parce que cela se fait toujours
ainsi, parce que ce sont les plus gros de la cité. C'est
un idiot qui, ayant à choisir une paire de sabots,
prend, non ceux qui lui vont le mieux, mais les plus
grands qu'il peut trouver. De là, le maintien de cet
ordre de choses qui nous semble si provisoire et si
caduc.

L'égalité politique dans une nation est toujours
en raison inverse de l'inégalité des fortunes : tant

vaut le coffre-fort, tant vaut l'homme; il n'y a pas de constitution qui puisse prévaloir contre cet axiome.

Puis, les gros budgets ont un autre avantage, c'est qu'ils créent des fortunes et des importances nouvelles qui sont tout à la dévotion du gouvernement. Nos fonctionnaires, grands seigneurs, vivent de peu, ils savent allier l'apparence du luxe à l'économie la plus sévère : avec trente sous de boue ils éclaboussent cent prolétaires ; ce sont des fourmis qui, au milieu d'un grenier, font encore des magasins ; ils entassent leurs émoluments trimestre par trimestre, ils s'en font des propriétés qui grandissent comme un germe dans la terre, qui glands aujourd'hui, dans vingt ans seront chênes. C'est une noblesse qui pousse au milieu de nous sans que nous y fassions attention, et qu'on trouvera toute faite quand on voudra lui donner des priviléges et des titres. Avec cet élément, quelque Napoléon bourgeois pourra reconstruire l'ancien régime et faire un cadre à sa dynastie.

Je me suis quelquefois demandé pourquoi il y avait tant de disproportion entre les gros traitements et les petits, lorsque tout fonctionnaire, gros comme petit, n'avait que vingt-quatre heures par jour à donner à la nation. Vous êtes plus capable

que moi, soit. Mais la capacité, est-ce une valeur
qui se pèse au trébuchet, et prend-on la hauteur
d'un homme avec un rouleau d'or? Chez les Ro-
mains, les gros emplois n'étaient pas rétribués, les
petits seuls l'étaient. Ce moyen était excellent pour
détourner le peuple de cette admiration servile qu'il
accorde si volontiers à la richesse ; mais chez nous
cette superstition est nécessaire ; dans cette pénurie
de gloire où nous sommes, il faut bien que le peuple
admire quelque chose : quand on n'a pas de marbre
pour faire ses idoles, il faut bien qu'on les fasse
avec du plâtre.

J'avais cru du moins qu'on pourrait ôter des
gros traitements pour ajouter aux petits ; mais c'é-
tait encore une utopie ; sans traitements supé-
rieurs, comment le gouvernement ferait-il ses majorités? Allez donc présenter à un député un traitement de quinze cents francs ! il vous tournera le dos
comme un paysan à qui on donne de sa paire de
poulets la moitié de ce qu'ils valent.

Ainsi donc, encore une fois, honneur au recensement qui a pour but de grossir le budget !

Et la liste civile, M. l'agent, comme c'est exigu
pour un grand peuple ! quinze cent mille francs par
mois, à une royauté chargée d'une si nombreuse fa-

mille et qui est déjà grand'mère ! c'est à jeter le
manteau de velours aux orties. Contribuables de
fer et de granit, quoi ! lorsque vous voyez ces pauvres princes et princesses venir, l'escarcelle au cou,
demander aux chambres l'aumône d'un petit million
pour leur dot, vous n'êtes pas touchés jusqu'aux
larmes de cette royale misère !

Vous dites :

Que vous avez des billets à échoir ? eh bien !
vous paierez vos créanciers à vingt-cinq pour cent :
à ce taux on est encore honnête homme.

Que vous avez reçu un commandement du percepteur ? qu'est-ce qu'un commandement ? est-ce
qu'un homme libre se laisse commander par un
percepteur ?

Que vous ne pouvez doter vos filles ? bon ! vous
en ferez, selon leur vocation, ou des prostituées ou
des sœurs grises : l'important pour l'état c'est que
la fille de notre roi ait un Cobourg. Mais vous ne
savez donc pas ce que c'est qu'un Cobourg ? C'est
une rareté, c'est un objet de la plus grande valeur ;
il n'y en a pas pour toutes les filles de rois. Peuple
imbécile qui s'imagine qu'un Cobourg de pure race
et non falsifié, porteur d'un acte de naissance irré-
prochable, un Cobourg qui a un toupet blond, des

favoris rouges, des bottes à l'écuyère sur un pantalon de casimir blanc, un habit bleu de roi à revers
galonnés d'or, un véritable Cobourg enfin, sans
défaut ni vice rédhibitoire, ne vaut pas un million
denotre monnaie. Va! l'Espagne en échange de ton
Cobourg, te donnerait volontiers une demi douzaine de duchesses.

Il est vrai, monsieur l'agent, que dix-huit millions
par an, font par jour quarante-neuf mille trois cent
quinze francs six centimes. Ce traitement représente celui de soixante mille gardes-champêtres, de
soixante-douze mille instituteurs, de cent soixante-
treize mille fantassins, de dix-sept mille professeurs
de collége et de douze mille présidents de tribunaux
de première instance. Si la France restait un siècle
sans liste civile, elle aurait au bout de ce temps dans
ses coffres un milliard huit cents millions. Avec cette
masse d'argent elle pourrait reprendre ses anciennes
frontières, braver derrière le Rhin les menaces des
puissances du Nord, faire gronder du haut des
Alpes la *Marseillaise* sur toute l'Italie, ranimer avec
ce terrible refrain la cendre du peuple-roi que vingt
siècles n'ont pas encore glacée, et faire tressaillir
Rome sous sa croix. Mais aussi, pas de liste civile,
pas de royauté. La royauté vaut bien quelque départements et un peu de sécurité de plus.

Et cette liste civile, M. du fisc, quelle est-elle ? Elle fournit à peine à la royauté le morceau qui l'empêche de mourir de faim. Quarante-neuf mille francs par jour pour se nourrir, se vêtir, se chauffer, s'éclairer, se blanchir, se raccomoder ! avec un autre que M. Montalivet il n'y aurait pas de quoi mettre les deux bouts l'un vers l'autre. Heureusement encore qu'elle ne voit que des gens sobres et bien rangés qui se couchent à dix heures précises.

Pour moi, quand je vois passer cette pauvre liste civile, fanée, crottée, panée, au bras M. Montalivet, pour aller au tribunal conclure à des dommages-intérêts contre un pauvre homme qui a ramassé du bois mort sous ses arbres, ou qui lui a fait tort d'un lapin ;

Quand je la vois sucrant son café avec de la cassonnade ;

Raccommodant son bouilli ;

Mangeant de la soupe réchauffée ;

Usant sa chandelle jusqu'au dernier bout ;

Chauffant son couveau avec des mottes ;

Faisant payer à sa servante la poterie qu'elle lui casse ;

Rapetassant ses hardes ;

Rentant ses chausses ;

Faisant servir une allumette par les deux bouts ;

Laissant souffrir de la soif son pied de basilic parce que la voie d'eau est chère ;

Se faisant rendre trois liards quand elle donne un sou à un pauvre ;

Se tenant debout à l'église plutôt que de flouer une chaise ;

Nourrissant de pain dur son vieux perroquet qui lui siffle tous les matins : Bonjour belle maîtresse ;

Régalant de cidre, le jour de sa fête, deux ou trois épiciers qui viennent lui chanter leurs couplets ;

Chassant de sa voix acide les marchands qui se présentent à sa porte ;

Toujours criant misère ;

Disant, à tout propos, qu'on veut la ruiner ;

Craignant de mourir à l'hôpital ;

Et pouvant à peine économiser par an cinq à six petits millions qu'elle cache dans les crevasses de son grenier ;

Quand je vois cela, dis-je, je m'indigne d'être contribuable français et je sens tout mon cœur qui se fond en larmes, comme si on avait appliqué dessus une compresse du *Journal des Débats.*

Aucuns disent qu'une liste civile qui dépense peu et reçoit beaucoup est un ver solitaire aux entrailles du corps social; qu'à mesure que la liste civile mange, le corps social s'amaigrit; que c'est un bœuf qui dévore une montagne de foin et ne fait pas un kilogramme d'engrais à son maître, une créature enfin dont le but est manqué. A tout prendre, cela pourrait bien être vrai; mais aussi, quelle satisfaction pour un contribuable de donner son argent à qui le ménage si bien! Quand, par hasard, un oncle d'Amérique a un neveu économe et rangé, les quartiers de sa pension courent les uns après les autres.

Je veux donc être recensé pour que la liste civile soit mieux rétribuée.

Faites-moi encore le plaisir, M. l'agent, de me recenser, parce que les fonds secrets ne sont pas assez considérables.

Vous le voyez, le gouvernement est entouré d'ennemis qui rentrent dans l'ombre comme un poignard dans son fourreau, aussitôt qu'ils ont attenté. Il y a sous le trône une traînée de poudre; on entend des chevrotines siffler dans l'atmosphère; la liste civile en est encore à son premier manteau dynastique, et, déjà, ce manteau porte à ses pans six déplorables reprises. Le poste du danger en France, est autour de la personne du roi ; l'attentat est devenu si vulgaire, qu'il n'y a plus que des conspirateurs de mauvais ton qui se le permettent. Comment la royauté pourrait-elle échapper aux embuches des sociétés secrètes, si la police ne veillait autour d'elle ?

Vous m'objecterez que la police n'est instruite, comme vous et moi, de l'attentat, qu'après qu'il a fait explosion ; que souvent, c'est par le *Journal des Débats* qu'elle en reçoit la première nouvelle ; mais quand cela serait ! toujours est-il que la police veille sur la royauté comme ces manequins de jardiniers auxquels on met un rateau entre les mains, veillent sur les fruits d'un jardin ; que si la police est une fiction, c'est du moins une fiction menaçante ; la royauté est censée défendue et gardée ; sans cette présomption salutaire, comment vivrait le commerce, comment subsisterait l'industrie, et comment les fonds publics se soutiendraient-ils ?

Mais il est surtout deux avantages bien précieux que la police procure à ses administrés ; vos affaires vous appellent-elles dans un quartier évacué par l'émeute, vous courez la chance d'être assommé préventivement et pour le compte d'un tapageur évadé. Le cas échéant, vous ne vous fâchez point parce que vous savez qu'avant de vous administrer, votre assommeur n'a pas le temps de vous deman- der votre passeport : homme pour homme, cela lui importe aussi peu qu'à un chasseur lièvre pour lièvre.

Cependant vous pouvez aller porter vos doléances chez M. le préfet de police ; si on a le droit de vous assommer, vous avez celui de vous plaindre ; vous avez le bonheur de vivre dans un pays libre où tous les droits sont respectés. Si donc vous vous plaignez, vous avez la satisfaction de faire obtenir à votre assommeur, par la protection de vos contu- sions, la croix d'honneur ou quelque chose d'équi- resplendissant, ce qui vous donne une haute idée de votre influence et chatouille agréablement votre amour propre d'assommé.

En second lieu, vous avez eu une relation quel- conque, la veille de l'attentat, avec le maçon ou le cocher régicide. Le lendemain vous recevez la visite de M. le commissaire de police, un homme sec, vêtu de noir, qui, en deux ou trois phrases, vous fait votre portrait de façon à ce que les agents vous reconnaissent. Cette petite opération terminée, vos tiroirs sont mis au pillage, tous vos papiers pas- sent par les bésicles du chef de l'expédition, tous vos chiffons sont déployés, toutes vos boites, ne fût-ce qu'une bonbonnière, sont ouvertes; tout tube ou piston surpris chez vous est soupçonné d'avoir fait partie d'une machine infernale; on examine si votre couteau à papier n'est pas un poignard, s'il n'y a pas du sang à votre jabot.

Avez-vous de reste, de votre dernière partie de chasse, quelque poudre ou quelques balles que vous n'ayez pas trouvé l'occasion de placer; ou, dans votre bibliothèque, le Bon sens infernal du curé Meslier? Vous étiez du complot, vous ne pouvez plus vous en défendre; on vous confisque, vous, vos balles, et votre malencontreux curé. Les balles et le curé vont ensemble au greffe, et vous allez tout seul en prison; on vous met au secret; un, deux, trois mois se passent, et vous y êtes encore. Vous oublieriez qu'il y a des humains semblables à vous par leur paletot et leur pantalon à sous-pieds, s'il ne vous en restait un échantillon dans la personne du geôlier et dans celle du juge d'instruction qui daigne, de temps en temps, vous faire jouir de son entretien; vous souffrez tout cela avec une indicible joie, songeant que c'est dans l'intérêt de la royauté que vous souffrez, et, qu'après tout, si on vous guillotine, votre nom deviendra historique. Mais au bout de deux ou trois autres mois, il vous arrive un petit désagrément sur lequel vous commenciez à ne plus compter : on vous annonce que vous n'aurez pas l'honneur d'être guillotiné à l'occasion de l'attentat et que vous pouvez retourner à votre famille et à vos affaires.

— Mais, mon curé Meslier ?

— Sur le rayon d'un commis, au greffe.

— Et ma poudre ?

— Retirez-vous bien vite, si vous ne voulez pas qu'on vous resoupçonne.

Allons, M. l'agent, prosternons-nous, et rendons grace à Dieu de nous avoir fait naître dans cette partie du monde où il y a une police secrète ; après, vous me recenserez au bénéfice des fonds secrets.

Je veux, encore, être recensé, parce qu'il n'y a pas assez de journaux subventionnés ; le journal subventionné est le factotum du gouvernement constitutionnel.

C'est le journal subventionné qui donne connaissance des réceptions et des fêtes officielles ; qui transmet la dépêche télégraphique ; qui dit à quelle heure la royauté est rentrée et sortie, combien de prises de tabac elle a introduites dans son auguste

nez , combien de fois elle a éternué et qui lui a répondu : Dieu bénisse votre majesté ; qui rédige à la
liste civile ses réclames ; qui dresse l'inventaire des
objets d'art qu'elle a daigné marchander ; qui pré-
conise ses actes secrets de bienfaisance ; qui compte
goutte par goutte les aumônes qu'elle laisse filtrer
de sa main , et appelle sur sa caisse les bénédictions
du ciel ; qui fait la toilette de baptême des petits
princes ; qui sonne des fanfares quand ils reviennent
vieux guerriers du camp de Compiègne ; qui détache
leur épée sous laquelle il feint de ployer, et l'ac-
croche à un clou doré du trône, pour que la France
se repose à son ombre.

Quand le gouvernement perd physiquement quelqu'un de ses honorables amis , c'est le journal subventionné qui brode sur son linceul de grosses
larmes reconnaissantes , des flambeaux qui s'éteignent , des piliers cassés par le milieu ; et qui jette
la dernière période sur sa tombe.

Si le gouvernement a besoin d'une loi d'exception
et qu'il veuille essayer l'opinion publique, c'est encore le journal subventionné qui fait la corvée.

Le journal subventionné , c'est un molosse qui
garde la cour du château, qui accompagne, jusqu'à
la rue, le ministère qui s'en va, et , après lui avoir

donné la patte avec effusion, s'en revient avec le ministère qui lui succède.

N'est-il pas rassurant pour un ministère qui entre tout effaré au pouvoir, de trouver un ami de fondation qui l'éclaire et le défende.

Je veux encore que vous me recensiez, M. l'agent, parce que le bureau de l'esprit public est mal dirigé par M. Duchâtel, parce qu'il n'a pas assez de rédacteurs, et que ces rédacteurs ne sont pas assez habiles pour faire passer pour de bon argent la fausse monnaie des sophistes ministériels. N'est-ce pas une honte pour tout logicien français de voir la prose départementale du gouvernement battue toujours et partout par la prose de l'opposition, saint Michel, enfin, terrassé par le diable ?

Depuis bientôt onze ans que les journaux de préfecture maintiennent l'ordre public, la Charte et la royauté, contre les attaques de leurs confrères du peuple, ils sont à bout d'accusations et de mensonges. Ils ont beau prier le ministère de faire une nouvelle émission de calomnies, ce bon ministère il ne sait plus, hélas ! que leur répondre. *Ses poignards*, *aiguisés par la presse démocratique*, n'ont plus que le manche ; *ses échafauds* de 93 ne sauraient supporter le transport, et son *partage des*

propriétés est un Croquemitaine éreinté auquel les
maires et les adjoints de village rient au nez.

Le *Journal des Débats* est, lui-même, sur les
dents. Ses colonnes, jadis si pleines de sang, sont
flasques et vides comme de vieux bas de soie qui
gigottent au vent sur une ficelle; il ne vivotte plus
que de réminiscences : c'est un pauvre affamé, ré-
duit à manger ses excréments.

Allons, qu'on me recense pour quatre-vingt-six
rédacteurs attachés au bureau de l'esprit public,
afin que chaque département ait le sien.

Je veux être recensé, parce que les forts détachés
ne s'élèvent pas assez vite, et que, d'un moment à
l'autre, M. Guizot peut en avoir besoin.

N'est-ce pas, M. l'agent, que vous voudriez les
voir sortir de terre et grandir comme une touffe
d'herbes dans l'espace d'un été? n'est-ce pas que
vous dormiriez plus tranquille s'ils étaient hors des
mains des ingénieurs, déjà pleins de soldats et tout
hérissés de canons ?

Que nous font, à nous, les révolutions ? nous n'y
gagnons rien, et nous y perdons toujours quelque
chose. Les cachots du Mont Saint-Michel sont aussi
profonds que ceux de la Bastille ; les mandats pré-
ventifs sont d'aussi rudes empoigneurs que les lettres

de cachet ; et les lois de septembre sont pires encore que la censure.

Vous avez peur de la monarchie ! Et que nous fait la monarchie à nous autres prolétaires ? que nous importe de crier vive le roi au lieu de vive la constitution ? c'est quatre syllabes de moins dont nous bénéficions : qui vous a dit que le régime monarchique ne valait pas bien le régime constitutionnel ? Ces Allemands que vous appelez des têtes carrées ont un gouvernement monarchique ; pourtant ils sont gras et frais , leur pipe ne s'éteint pas , leur pot de bière n'est jamais vide, leur poêle est toujours chaud ; ils ont des tas de choucroûte sur leur table , du lard à leur plancher et des jambons à leur cheminée ; parmi les Français , au contraire, qui ont l'avantage d'être libres, il y a deux ou trois millions de familles qui n'ont pas le pain quotidien.

N'admirez-vous pas , du reste, avec quelle subtilité M. Guizot a fait faire volte face aux bastions et aux contre-escarpes de son prédécesseur. M. Thiers avait mis ces pierres l'une sur l'autre pour nous servir de rempart contre l'étranger ; M. Guizot lui a dit : « Petit homme, vous vous trompez d'adversaires : mes ennemis, à moi , ne sont pas au dehors, ils sont au-dedans ; et mes amis ce sont les étrangers qui me glorifient.

« Vos faubourgs sont très aimables , — un auguste personnage l'a dit , et il ne m'appartient pas
de le contredire — mais ils sont remuants, batail-
leurs , toujours prêts à dresser des barricades ; la
charte s'est mise sous leur protection ; si , au lieu
de la froisser, comme je fais de temps en temps , je
voulais la déchirer, ils sont là quatre-vingt mille
qui verseraient tout leur sang pour la défendre ;
mais quand je les tiendrai un jour avec mes forts
détachés, il faudra bien qu'ils restent en repos, et je
ferai de leur charte des papillottes pour madame de
Lieven.

« Tu n'es que Thiers, et moi je suis Guizot : ton
génie humilié doit se tenir chapeau bas devant le
mien. Tu as fait poser à grands frais à l'entrée de
ta maison une porte lourde et solide pour te défendre des voleurs, et moi je me sers de cette porte
pour te tenir caserné dedans, et encore c'est toi qui
portes la responsabilité de cette dépense. A ce grand
cri d'opposition qu'on jette contre le recensement,
je fais répondre par le *Journal des Débats* : C'est
l'œuvre de M. Thiers : il a fait un trou profond au
milieu du trésor, il faut bien que je jette dedans
millions sur millions pour le combler. »

Enfin je veux être recensé :.

Parce que le gouvernement, vu la modicité de son budget, ne peut faire à Alger assez de dépenses inutiles; que la Chambre des députés ne se dégoûte pas assez vite de cette dispendieuse conquête; que personne n'a encore osé dire qu'il fallait abandonner cette province de sable qui n'est bonne que pour des Bédouins et des lions, et que les Anglais commencent à douter de la sincérité de nos promesses;

Parce que le ministère n'a pas entre ses mains assez de moyens de corruption, et qu'il reste encore quelques électeurs indépendants;

Que les sinécures ne sont pas en assez grand nombre;

Qu'il n'y a encore dans aucune administration plus d'inspecteurs que d'inspectés;

Que le ministère ne peut faire des cadeaux assez magnifiques aux arrondissements qui élisent bien;

Qu'il n'est pas alloué aux députés fonctionnaires en sus de leurs traitements une indemnité convenable durant tout le temps de la session;

Parce qu'on ne stipendie pas, quand un attentat a eu lieu, des crieurs publics pour ameuter le peuple contre la presse radicale;

Parce qu'on n'offre pas à lord Palmerston une férule d'or massif en reconnaissance de la leçon d'humilité qu'il a donnée à notre diplomatie ;

Qu'on se contente de désarmer nos vaisseaux et de désorganiser notre armée , et que le ministère , pour accomplir son œuvre nationale, ne peut, faute d'argent , combler nos ports et démolir nos places fortes.

C. TILLIER.

TRIBULATIONS

DES RECENSEURS.

———◦———

Je croyais, moi, que le recensement était, à Nevers, en pleine prospérité ; j'avais bien ouï dire qu'il
s'était rencontré çà et là, dans les faubourgs, quelques portes instruites de leurs droits et de leurs devoirs, qui s'étaient fermées devant lui ; que M. le
maire ayant lui-même frappé de sa main puissante
à la porte de l'hôtel de France, avait été opiniâtre-
ment méconnu par cette porte , et que dans la rue
du Rivage la brigade fiscale avait été accueillie par
de belles et bonnes huées, auxquelles il n'avait man-

qué que le cornet à bouquin pour faire un véritable
charivari. Mais l'*Echo de la Nièvre* m'avait rassuré
sur tous ces points. Ses trois commères, surtout,
provoquées par le comité républicain, et dont l'une
s'était écriée : « M'ont-ils trompée, ces gueux là,
m'ont-ils trompée! » m'avaient inspiré une complète
sécurité, et je me proposais d'aller, au premier jour,
visiter M. M..... pour le féliciter sur le succès de
sa campagne.

Mais hier, je rencontrai l'*Echo de la Nièvre*. Sa
tête était baissée, son front pâle, son air abattu; deux
grosses larmes ruisselaient sur ses joues amaigries,
et tombaient comme une gouttière sur le pavé. Je
crus qu'il avait perdu la clientelle de la préfecture,
où que, sans y faire attention, il lui était arrivé de
dire la vérité, ce dont il avait des remords. Je me
sentis ému de compassion et m'approchai de lui pour
lui demander la cause de son chagrin.

« C'est un chagrin, me dit-il en s'essuyant les
yeux avec un crêpe, auquel vous-même devez
prendre part.

> Quis duri miles Ulyssei,
> Temperet à lacrymis.

« Imaginez-vous que le recensement, qui avait
commencé sous de si heureux auspices, va mainte-

nant d'une manière déplorable. J'ai beau m'épuiser
en démonstrations sur la légalité de M. Humann,
et en bons avis à nos concitoyens, on ne m'écoute
pas plus que si je parlais de ma bonne foi. Dans la
rue du Commerce, à la place de la Revenderie et
aux environs, toutes les maisons se ferment à notre
approche ; les femmes elles-mêmes partagent contre
notre opération le ressentiment de leurs maris :
c'est un véritable quatre-vingt-treize. M. M..... en
est désespéré, et M. R....., en a le spleen.

« La première maison où entre M. R..., c'est un
café de la place de la Revenderie. Il se présente
avec cet air aimable qui n'appartient qu'à cette
institution, et laisse son sbire, décoré d'une canne,
à la porte. La maîtresse du logis s'avance vers lui
d'un air aussi bien aimable, et lui demande ce qu'il
faut lui servir. Diable, se dit à lui-même M. R.....,
jamais je n'ai encore été si bien accueilli. Voilà une
place tout-à-fait hospitalière. C'est un plaisir d'être
ici contrôleur ; si cela continue, je dirai à ma cui-
sinière qu'elle cesse jusqu'à nouvel ordre de me préparer à dîner. Puis, s'adressant à la dame : J'accep-
terai, lui dit-il, une tasse de café, mais en atten-
dant qu'elle refroidisse, permettez-moi, madame,
d'achever une petite opération que m'imposent mes
fonctions de recenseur.

« Monsieur est recenseur, fit la dame avec une petite moue ; en ce cas je dois vous dire que j'ai reçu l'ordre formel de mon mari de ne point vous recevoir.

— « Mais madame, fit M. R...., insistant comme cela lui est recommandé par M. Humann, le recensement n'est pas ce que vous pensez. C'est une opération par laquelle....

— « Tout ce que vous voudrez, monsieur; mais, j'ai reçu l'ordre formel de mon mari, au cas où vous ne vous retireriez au plus vite, de vous inviter à sortir. Vous comprenez, monsieur, combien il me serait désagréable...,.

— « Mais enfin, madame, dit M. R.... sans se décourager, écoutez-moi, le recensement est une opération par laquelle...

— « Monsieur, fit la dame, je n'entends rien à ces questions; mais, je vais vous mettre en présence d'un publiciste qui sera bien aise de discuter avec vous.

— « Volontiers, madame; tant mieux, madame; j'en suis enchanté, madame, je prouverai facilement à ce monsieur, que le recensement a pour but....

— « Holà, Cerbère ! fit la dame.

— « Or, Cerbère était un gros chien qui gardait la brasserie , et qui, un sbire du fisc lui ayant marché sur le pied dans la rue de Nièvre, avait conçu contre le recensement une haine implacable. M. R..., qui ne sait ni aboyer ni mordre, le pauvre homme, voyant arriver ce publiciste qui grognait d'une manière déjà passablement menaçante , résolut de se soustraire, par la fuite, à une discussion peu digne de lui sous tous les rapports.

« La maison suivante ne fut pas plus hospitalière à notre cher contrôleur. La maîtresse du logis était sur sa porte prête à mourir à son poste plutôt que de l'abandonner. Aussitôt qu'elle aperçut le digne homme, sa feuille d'une main, son crayon de l'autre, elle frappa du pied et s'écria : On n'entre pas monsieur !

— « Et pourquoi cela , madame , fit M. R.... d'un air doux , ainsi que la circulaire Humann le lui prescrit.

— « Parce qu'on n'entre pas.

— « Mais, madame, le recensement n'est pas ce que vous croyez ; c'est une opération qui tend à....

— « Qui tend à vous faire fermer la porte au nez. Et elle ferma , en effet , sa porte avec violence, laissant là le contrôleur si stupéfait, si pétrifié, que son crayon lui en tomba des mains.

5

Je fus obligé, pour le faire revenir à lui, de lui adresser quelques paroles d'encouragement. Si j'avais eu un peu de rhum à ma disposition, je crois que cela eût mieux valu. Quoi qu'il en soit, nous nous présentâmes à une troisième porte.

— Désolée de ne pas pouvoir vous recevoir, fit une vieille femme de soixante-dix ans, avançant sa tête ridée hors de la porte ; mais mon mari n'est pas à la maison.

M. R.... répondit avec une admirable présence d'esprit : Mais, madame, nous n'avons pas besoin de votre mari pour vous recenser....

— « Y pensez-vous, monsieur? le voisinage en causerait, je ne veux pas me compromettre pour le fisc.

J'entendis M. R.... murmurer entre ses dents : Vieille.... Je ne saurais dire quelle épithète il ajouta; mais j'en conclus qu'il était sous l'étreinte d'une violente torture morale.

Nous passâmes à une autre maison : » Monsieur, je vous en supplie, ouvrez-moi la porte pour l'amour du roi; voyez, ma feuille est blanche encore, et vous aurez les prémices de mon crayon. Je serai indulgent pour vous, monsieur, et si vous avez quelque tuile qui manque à votre toit, quelque lé-

zarde à votre mur, je ne vous compterai pas cela
pour une lucarne.—Monsieur, l'opération que vous
exécutez est illégale, et je ne puis me faire votre
complice. — Illégale, monsieur ! et qui a pu vous
faire concevoir du fisc une aussi mauvaise opinion ?
M. Humann, illégal ! mais vous n'avez donc pas lu
l'*Echo de la Nièvre*.—Je vous préviens, monsieur,
que si vous ne vous retirez, je vous en jette un nu-
méro sur la tête. » Vous sentez combien je dus être
choqué de cette impertinence ; mais je la subis sans
mot dire, de peur d'exaspérer encore ce factieux,
qui me semblait homme à exécuter sa menace.

« Ici, je l'avoue, ma force d'ame accoutumée me
manqua, et j'engageai M. R..... à se retirer devant
une réprobation aussi générale. Il me prit la main,
et la pressa contre son registre : «C'est à vous, mon
ami, me dit-il, à vous retirer. Vous n'êtes pas
obligé, vous, de subir ces humiliations, à moins
toutefois que M. le préfet ne vous ait ordonné le
contraire. Allez à votre bureau, vous y préparerez
un de ces magnifiques articles que vous savez si bien
faire, dans lequel vous annoncerez que le recensement ne trouve à Nevers aucune opposition, qu'il
est reçu partout avec la plus grande cordialité, et,
qu'à l'heure qu'il est, on m'a fait boire plus de dix

verres de limonade, et laissez-moi accomplir mon
destin ! » Ces paroles me touchèrent jusqu'aux
larmes, et j'eus honte de ma pusillanimité. « L'article dont vous me parlez, dis-je à M. R....., est
fait depuis hier. Croyez-vous donc, mon cher ami,
que j'ignore mes devoirs et que je mette dans leur
accomplissement une aussi coupable négligence. —
Noble et généreux rédacteur ! me dit M. R..... *avec
ame*, vous seriez digne de passer à la rédaction du
Journal des Débats; je ne vous presse plus de vous
éloigner. Je sais que, dussions-nous avoir ici à
braver les protestations de tous les roquets du
quartier, et laisser sur ce pavé une partie de nos
mollets, vous resterez. — Vous m'avez bien appré-
cié, lui répondis-je, *avec une émotion bien sentie*;
mais ne nous attendrissons plus l'un l'autre comme
des femmes, et opérons comme des hommes. Depuis
dix ans je maintiens l'ordre public dans ce département : je ne faillirai pas à ma mission.

« Le premier auquel la fortune nous adressa
était un jeune homme à moustaches, qui fumait
son cigarre sur le seuil de sa porte. M. R... l'aborda
avec politesse, et lui dit : M. Germanicus, comment vous portez-vous? — Diable, je ne sais si je
dois vous répondre ; je trouve votre question quel-

que peu insidieuse. Si je m'avoue mieux portant et plus gras que l'année précédente, vous m'augmenterez ma cote personnelle , tandis que , si j'avais perdu une jambe, vous ne me feriez aucune déduction.

—« Oh! M. Germanicus ! qui vous a donné une pareille idée de nous? Mais est-ce que vous lisez les journaux?

—« Jamais , monsieur. Depuis que la presse est muselée et qu'il n'y a que les feuilles ministérielles qui aient leur franc parler, je ne les lis plus..

—« Voilà, mon cher monsieur, d'où vient l'erreur; vous vous êtes laissé égarer par les déclamations des soi-disant patriotes. Si vous lisiez les journaux ministériels, surtout l'excellent *Journal des Débats*, vous sauriez que le recensement a pour but de diminuer les contributions.

— Vraiment monsieur ?

— Demandez plutôt à monsieur l'*Echo de la Nièvre* que voilà.

Je baissai la tête en signe d'assentiment, et monsieur R.... continua :

— M. Germanicus , comment vous nommez-vous ?

—« Comment je me nomme ? vous venez de prononcer deux ou trois fois mon nom.

— « Pardon, mon bon ami, mais c'est votre prénom qu'il nous faut : j'espère bien que vous ne nous
refuserez pas votre prénom ?

— « Au lieu d'un je vais vous en donner trois :
Blaise-Jean-Pierre.

— Magnifiques prénoms, mon ami, et que vous
êtes bien digne de porter ! Jean Racine, Pierre
Corneille, Blaise Pascal. Mais vous avez là une superbe maison, M. Germanicus ; oh ! que je serais
heureux que mes facultés pécuniaires me permis-
sent d'avoir un tel appartement. Combien cela peut-
il valoir de loyer ? Je parie que, sur l'apparence de
cette maison, les répartiteurs communaux ont éva-
lué beaucoup trop haut le chiffre de votre loyer ;
une déplorable erreur, mon ami, de la part de ces
gens-là, c'est qu'ils veulent faire une besogne à laquelle ils n'entendent rien ; demandez à mon ami,
l'*Echo de la Nièvre* que voilà, s'ils ne lui avaient pas
augmenté de trois cent cinquante le nombre des fenêtres de son hôtel.

— « De trois cent quarante-neuf, repris-je,
mon cher contrôleur ; il ne faut pas exagérer les
choses ; la bonne foi que j'ai toujours professée me

fait un devoir de vous contredire, et vous seriez M. Humann lui-même, oui, M. Humann en costume, que je releverais cette inexactitude.

— « Je parie, ajouta M. R..., que monsieur paie au moins dix fenêtres de trop ?

— « Vous vous trompez, reprit le jeune homme, il n'y en a pas dix dans la maison. Mais, qu'est-ce que j'allais dire là ; pardon monsieur, j'ai rendez-vous à 2 heures et il est une heure 55 minutes. Là dessus il tira la porte à lui et il s'éloigna.

« Ce dernier coup abattit tout à fait le courage de M. R.... Mon ami, lui dis-je, ne vous désolez pas ainsi ; soyez homme et contrôleur ; la fortune est journalière : aujourd'hui les huées, demain les acclamations ; aujourd'hui on vous dit : Vous n'entrerez pas, monsieur R.... ; demain on vous dira : M. R.... donnez-vous la peine d'entrer. C'est ainsi qu'est fait ce misérable peuple ; mais que voulez-vous, il faut bien prendre les évènements tels que Dieu nous les envoie. Cependant, comme il faut que vous recensiez quelque chose, sans quoi votre fibre recensatrice s'émousserait, et vous ne pourriez plus distinguer les fenêtres des lucarnes, venez avec moi, je vous abandonne mon hôtel, vous le recenserez de la cave aux greniers. Si mes abonnés

qui languissent là-haut sur leur ficelle profitent de
l'occasion pour s'échapper, je ne m'en plaindrai
pas; j'accorderai même en l'honneur de votre visite,
la liberté à quatre des plus débinés d'entre eux ;
ensuite nous irons recenser votre maison ; votre
femme ne nous interdira sans doute pas l'entrée.

— « Vous êtes un homme d'un bon conseil, monsieur, dit M. R...., et je m'étonne que si souvent
on vous ait envoyé.... Mais demain nous irons trouver M. le maire, nous prierons cet excellent magistrat de nous venir en aide ; il nous prêtera bien
encore une fois un reflet de son écharpe.

« Nous mîmes cette idée à exécution, et M. le
maire consentit en effet à nous accompagner. Nous
nous adressâmes d'abord , et pour cause , à l'entre-
preneur de l'éclairage communal , citoyen pour lequel, avec un commissaire de bonne volonté, chaque
bec d'éclairage peut devenir la cause d'un procès.
M. le maire , sans faire semblant de rien, étendit la
main vers le réverbère qui se dandinait comme un
bénet sur sa ficelle, sans se douter de son influence,
et dit à l'éclaireur : Monsieur, j'espère que vous ne
nous refuserez pas votre porte. Le monsieur ouvrit

en effet, mais seulement à condition qu'on ne recenserait que ses portes et fenêtres.

« Ce succès nous sembla d'un bon augure , et nous crûmes à un retour de fortune ; mais , quelle humiliation ! l'autorité de M. le maire fut partout méconnue , et une dame, oui , j'en rougis pour le beau sexe nivernais , une dame alla jusqu'à dire à son premier magistrat : Vous feriez bien mieux de faire monter de l'eau dans la pompe. Un maire laisser M. R.... dans l'embarras pour aller au secours d'une pompe dérangée ; mais considérez donc, madame , ce qu'est M. R..., et ce qu'est un tuyau de pompe. N'est-il pas bien plus urgent de préparer au fisc des matériaux pour élever le chiffre des contributions, que d'épancher de l'eau dans les rues ? apprenez qu'un maire qui s'acquitte de ses fonctions d'une façon aussi paternelle, est digne de toute votre admiration !

Voilà le récit que me fit en pleurant l'*Echo de la Nièvre*. Comme les faits que nous rapportons ne sont pas pris dans sa partie officielle , nos abonnés peuvent y ajouter toute confiance.

Nota benè. Le fisc s'est présenté aujourd'hui chez notre imprimeur, il voulait compter l'ouverture de notre boîte comme une lucarne , sous prétexte que

notre proie respirait par cet organe plus d'air qu'il
ne lui en était dû par le gouvernement. Nous avons
protesté avec énergie contre cette exorbitante prétention. Notre impartialité nous fait un devoir de
dire que nos observations ont été bien accueillies ;
seulement il a fallu nous engager à rétrécir l'ouverture de notre boîte. Il paraît que, d'après les instructions de M. Humann, l'ouverture de toute boîte
ne doit avoir que juste la largeur nécessaire pour
laisser passer un carré de papier. M. Humann se
plaint que des abus graves se sont introduits dans
la construction des boîtes ; que par leur bouche toujours ouverte elles enlèvent frauduleusement au
gouvernement une portion considérable de son atmosphère. Les agents du fisc ont reçu des ordres
formels pour faire exécuter rigoureusement le rè-
glement à cet égard.

C. TILLIER.

POÉSIE.

LA FRANCE LIBRE.

O vous, qui chantez sur la lyre,
Un jour libre et serein sur nos fronts a brillé ;
Abandonnez votre ame au souffle qui l'inspire,
Votre luth, sous leurs pieds ne sera point foulé :
Le luth est libre enfin d'un odieux scellé.

France, France, ont-ils dit dans leur folle pensée,
        Tes peuples flétris expiront
Ces lauriers insolents dont ma vue est blessée ;
Des rois humiliés je vengerai l'affront ;
J'égalerai leur honte à leur gloire passée :
Le joug, un joug sanglant, écrasera leur front!

Ils l'ont dit : ô Français, oublions ce blasphême ;
A cé dernier affront le glaive a répondu :
　Ils l'ont dit, mais leur diadême,
A vos pieds, en débris, soudain est descendu.

Voyez-vous ce guerrier endormi sur son glaive ?
De nocturnes brigands sur lui levaient leurs bras :
Ils prenaient son sommeil pour celui du trépas ;
Mais un bruit le réveille, il tressaille, il se léve,
Il jette un cri puissant, et le perfide essaim
S'éloigne avec terreur et referme sa main.

O sublime Paris, ô cité généreuse,
Ainsi fut ton réveil ! au cri de liberté,
Ce sol fécond en gloire a soudain enfanté.
Tu rassembles tes rangs, fière et silencieuse,
Sur toi vomit le bronze, et ton front est serein :
L'enfant même à frapper accoutume sa main ;
Le père embrasse un fils qui meurt, et va combattre ;
Le citoyen tombé, qu'un glaive vient d'abattre,
Léguant au citoyen son fer ensanglanté,
Murmure en expirant : Liberté ! liberté !
Et lorsque la victoire eut fait tomber leurs armes,
Quand sur leurs frères morts ils répandaient des larmes,
Ils disaient aux vaincus, fumants d'assassinats :
Un citoyen sait vaincre, il ne se venge pas.

Et vous, d'un jour sanglant inutiles victimes ,
Généreux compagnons frappés avant le temps ,
Vous dont la mort ne fut qu'un crime après des crimes ,
Une tache de plus sur le lys des tyrans ,
    Dites , quand la France est vengée ,
Vos mânes s'agitant sous leur sanglant linceuil ,
Et fiers d'avoir enfin une terre purgée ,
N'ont-ils point tressailli dans l'ombre du cercueil ?

O France ! un sang bien cher a coulé de tes veines ,
    Tu triomphe en habit de deuil ,
Mais sous tes pieds sanglants est un sceptre et des chaînes,
Mais ton front resplendit et de gloire et d'orgueil !
Comme un astre égaré reparais dans l'espace ,
Parmi les nations viens reprendre ta place :
A l'homme qui sera ton premier citoyen ,
Dis : Comme moi, des lois porte l'étroit lien ;
J'ai longtemps dans ma main pesé le diadème :
Instrument couronné de mon pouvoir suprême ,
Tout l'éclat de ton front n'est qu'un reflet du mien.

Qu'ils marchent contre nous ces bataillons d'esclaves ,
Du Nord et du Midi qu'ils marchent à la fois ;
    Nous sommes les fils de ces braves
Qui posèrent leurs pieds sur le front de leurs rois.

Que du Rhin à l'Adour le tocsin sonne aux armes :
Aux armes, citoyens ; debout, debout, marchons !
Avant un repos libre, encore le jour d'alarmes.
Sur leurs débris sanglants demain nous régnerons !

Partout, partout le fer en un glaive se change ;
Il brille, il est tranchant, il est prêt à frapper :
Qu'ils marchent ; le serpent qui rampe sous la fange
   Peut-il forcer l'aigle à ramper ?

C. TILLIER.

1830.

HOMMAGE

A LA MÉMOIRE

DES CITOYENS MORTS DANS LES JOURNÉES
DES 27, 28 ET 29 JUILLET.

Fléchissons le genou : sous cette croix sacrée
   Leurs corps reposent sans linceuil ;
Mais ils ne laissent point une cendre ignorée :
Sur ce pavé sanglant la gloire reste en deuil.

Ce jour libre et serein levé sur ces rivages,
   De leur sang ils l'ont acheté ;
Ils en ont vu l'aurore à travers des nuages,
Et leurs restes sanglants seuls ont la liberté.

Si l'Europe demande et leur nom et leur vie,
Nous dirons : A la France ils ont donné leurs jours.
   Sait-on quelles gouttes de pluie
Ont gonflé le torrent qui renverse des tours?

Hier, hier encore, ils passaient en silence,
Un roi les appelait peuple, esclave, troupeau ;
Mais l'immortalité pour eux déjà commence :
   On porte envie à leur tombeau.

Pleurons ici, Français, pleurons ; mais sur leur cendre
N'allons point entasser des marbres et l'oubli :
Sur ces pompes des morts une ombre aime à descendre ;
Les tyrans sur leur tombe ont des marbres aussi.

Mais s'il est autour d'eux quelque tronçon d'épée
   Qui dans la poudre resplendit,
Quelque écharpe sans lys et dans le sang trempée :
A leur croix immortelle attachons ce trophée ;
Ce signe sur leur croix à leur gloire suffit.

Si vous voulez qu'ils aient des larmes,
Faites pleurer sur eux vos femmes à genoux ;
Vous guerriers citoyens, vous, vous avez des armes ;
Savez-vous quel hommage ils attendent de vous?
Comme ces grondements que suivent les orages,
Un bruit sourd, de l'Europe a troublé les rivages ;
Ces rois, ces empereurs, ils n'ont point oublié
Qu'ils ont pu de son trône exiler un grand homme,
Et charger de son sceptre un débile fantôme :
Ils pèsent en leurs mains l'or qu'on leur a payé.
Contemplant avec crainte un peuple sans entraves,
Ils murmurent les noms et de maître et d'esclaves,
De troupeau révolté qu'il faut enfin punir,
Et qu'en festins, aux rois il est temps de servir ;
Et quand, usant d'un droit reconquis avec gloire,
Vous voudrez recueillir un prix de la victoire,
Briser un vain contrat par le glaive imposé,
Et mettre un prix au sang que vous avez versé,
De nos rois, diront-ils, les titres sont nos titres....
Insensés, de vos lois qui vous fit les arbitres ?
Nous ne souffrirons point que de la liberté
Un germe, sur nos bords, par l'aquilon jeté,
Près du trône, en secret, fructifie et s'élève,
Domine enfin nos fronts et brave notre glaive !

Que leur courroux s'exhale en murmures, en cris ;
Mais s'ils osent toucher ce sol avec des lys,
Que leurs vains bataillons se perdent en nos plaines
Comme un amas neigeux aux roches suspendu,
Qu'en ses flancs mugissants un volcan a reçu.

Alors, à vos martyrs , offrez , offrez leurs chaînes ,
Et qu'un sceptre insolent, plus puissant que les lois,
Jamais ne prédomine à côté de leur croix.

Mais il est pour leur cendre encore un digne hommage ;
L'homme dont vous avez purgé ce beau rivage
Ne veut point oublier que son front fut brillant : ·
A son fils, ver impur qui deviendra serpent ,
Il ose, il ose encor léguer en héritage
Ce sceptre dans le sang par vos mains ramassé ,
Et ce siècle de gloire aujourd'hui commencé.
Si ce vain rejeton d'un vieil arbre en ruines,
Un jour, au sol Français veut jeter ses racines ,
Avant son joug honteux subissons le trépas :
Un peuple libre tombe et ne se courbe pas.
Ne laissons que la cendre aux esclaves qu'il traîne ;
Que des palais brisés seuls restent son domaine ,
Et que son drapeau blanc, blanc comme est le linceuil,
N'ombrage de la France, hélas ! que le cercueil.

Et vous, qu'en expirant ils léguaient à la France ,
Qui, n'osant avouer le tourment de la faim ,
     Venez vous asseoir en silence
Sur les tombeaux de ceux qui vous donnaient du pain ;
Je voudrais soulager votre noble indigence ;
Mais caché, comme vous dans l'ombre et le silence ,
Et trempant comme vous mon pain de mes sueurs ,
Je ne puis vous donner que mes chants et des pleurs.

                              C. TILLIER.

A ELLE.

Lorsque pensant à toi, je jette de mon ame
Pour adieux un doux chant
A l'automne qui meurt, comme une blanche femme
Qui sourit en mourant.

Dis ! vas tu comme moi, mon ange, ma chérie,
Par ces derniers beaux jours,
Dans le chemin bordé d'un peu d'herbe flétrie.
Rêvant de nos amours ?

Ou par ce blanc soleil, blanc comme un front sans rose,
Où la mort a passé,
Viens-tu voir au vallon s'il reste quelque chose
Du bonheur effacé ?

Vas-tu, laissant tomber ta noire chevelure
De ton beau front penché,
Cherchant comme un glaneur, sur la pâle verdure
Quelque gazon couché ?

Pauvres oiseaux, qui n'ont que le bois qui frissonne
Et qu'on ne peut fermer ;
Ensemble pleurons-nous la saison qui nous donne
Un nid pour nous aimer ?

Dis-tu lorsque tu vois la branche dépouillée,
Et qui frissonne aux vents,
Ange, dis-tu : notre ame, hélas ! s'est effeuillée
Comme elle pour long-temps ?

Dis-tu, quand les oiseaux, vers un autre rivage,
Aux cieux vont en ruban :
Tels s'en vont nos amours, doux oiseaux de passage,
Dont l'aile craint l'autan ?

Ils reviendront encore au nid qui les rassemble,
Des ailes se mêler.
Quand le taillis aura sous sa feuille qui tremble
Un peu d'herbe à fouler.

Ainsi que toute terre et comme toute année,
Notre ame a son hiver ;
Et ses festons traînant sur la terre fanée
Et qui n'ont rien de vert ;

Et ses jardins flétris jusqu'à la racine,
Et son troupeau charmant
D'amours, sous des rosiers qui n'ont plus que l'épine
Endormis tristement.

Et ses beaux pavillons que l'aquilon assiège,
    Fermés jusqu'au zéphir,
Où, comme un blanc pigeon, aux combles pleins de neige,
    Niche le souvenir.

Mais elle a son printemps, qui reverdit et pousse
    Au coin le plus obscur,
Qui revêt tout sentier d'herbe fine, et de mousse
    Le rocher le plus dur ;

Et ces enlacements pleins de si douces choses,
    Qu'ils appellent baiser ;
Frais papillons, toujours qui vont aux mêmes roses
    Ensemble se poser.

Elle a ses pleurs aussi, douce averse qu'essuie
    Un regard de tes yeux ;
Et ces nids où l'on est sous l'épine fleurie
    Comme un ange est aux cieux.

Ah ! de ces doux printemps, une heure, encore une heure,
    Car c'est toi qui le fais ;
Un regard de tes yeux, qu'il sourie ou qu'il pleure,
    Et puis l'hiver après !

C. TILLIER.

Nevers, imprimerie de C. Sionest.